優しい死神は、君のための嘘をつく

望月くらげ

角川文庫
23906

優しい死神は、君のための嘘をつく

CONTENTS

1．はじめまして、死神さん

真っ暗な病室に、私はいた。うっすらと月明かりが差し込むけれど、真っ白なカーテンに遮られて、部屋を明るく照らすほどではない。

ふーっと息を吐き出して心臓に手を当てると、ドクンドクンと脈打つ鼓動が、今日も生きていることを教えてくれた。

「寒い」

私は手探りで、いつの間にかずり落ちてしまっていた布団を引っ張り上げた。病室の中に吹き込む風が、春の夜の少し肌寒い空気を届けていた。

「……風？」

思わず口に出して、自分自身に問いかける。そもそも私が感じたことを、私自身が疑問に思うなんておかしな話だ。けれど、たしかに今、病室に風が吹き込んだのだ。

ううん。でも、そんなことあるはずがない。寝る前に戸締まりはしたし、看護師さんが来たのだとしても空調が完備されている病室で夜中に窓を開ける必要がない。でも、じゃあさっきのは、いったい……。

——そのとき、カーテンの前で何かが動くのが見えた。

「誰かいるの？」

返事はない。けれど、カーテンに映るそれは、人影だった。

誰かわからない。でも、看護師さんじゃないことだけは確かだ。看護師さんなら返事をしないわけがない。それに夜間の巡回なら小さなライトを持っているはずだ。

私の身長よりもずいぶんと高く見えたその影は、私の声に反応するように一歩踏み出した。

「誰⁉」

もう一度問いかけるとその人影は、さらに一歩、そしてまた一歩と、ベッドに向かって近づいてくる。

枕元のナースコールを鳴らそうとしたけれど、手が滑って上手《うま》く摑《つか》むことができない。そうこうしている間に、人影はベッドの横までたどりついていた。

「こんばんは」

少し低めの優しい声が、すぐそばで聞こえる。

その瞬間再び、開いた窓から病室に風が吹き込むと、カーテンが大きく揺らいで、声の主の姿が見えた。ベッドから見上げたその人は、すらりと長い手足を隠すように、フードのついたコートのようなものを羽織っていた。

「はじめまして、僕は死神です。君の魂をもらいに来ました」

目深にかぶったフードをさらに引き下げるようにして、淡々とした口調で言った。

フードの向こうからこちらを見ているのだろうか、月明かりに照らされたその人は、私を見下ろすようにして立っていた。

「しに、がみ……？」

死神って、今この人言った？　聞き間違い？　ううん、たしかにはっきり私の魂をもらいに来たと、そう言った。

私の、魂を……。

「そっか！」

「え？」

「それで？　今日もらってくれるの？」

「えっと……」

私の返事が気に入らなかったのか、それともこういう答えを想像していなかったのか、死神と名乗ったその人は面喰《めんくら》ったように一瞬言葉に詰まったあと、逆に私に問いかけた。

「こんな話、信じるんですか？」

「ん？」

言っている意味がわからない。だって、信じるも何も……。

「あなたがそう名乗ったんじゃない。それとも嘘だったの？」

「嘘ではないですが……。ただ、だいたいの人間はそんなにすぐに信じませんから」

そうかもしれない。自分は死神だ、なんて言われたら普通は頭おかしいんじゃないか、と思うだろう。

でも、ここは病院で、私は病人だから。いつだって死が隣り合わせにあった。同じ病棟で、突然誰かが姿を消すことだってあった。気づかれないようにそっと病室が空っぽになって、そして知らないうちに新しい入院患者が入っている。そういうところなのだ、ここは。

「そうなの。でも、私は信じるよ。だから早く魂を持っていって」

「どうして、ですか？」

「嫌になっていたの。こんな生活を続けることが。――それに、桜も咲かないし」

「桜？　桜なら外にたくさん咲いて――」

「そんなことより！」

私は声を荒らげると、目の前の死神の言葉を遮った。そして窓の外に咲く桜から目を背けると、手のひらをギュッと握りしめ、もう一度さっきの言葉を繰り返した。

「今日、もらってくれるんでしょ？」

「今日は無理です」

「じゃあ、明日《あした》もらってくれるの？」

「明日も無理です」

淡々とした死神の口調にイライラする。今日も明日もダメだというのなら、いったいいつならいいのか。

不服そうにしている私の態度に気づいたのか、死神はフード越しに頭を掻《か》きながら、不思議そうに問いかけてきた。

「どうして、そんなに死にたがるんですか？　殺さないでくれって言ってくる人はいても、あなたみたいに早くもらってくれなんて言う人は初めてです」

「別に。早く死にたいだけだよ」

「どうして？」

「どうしてって……」

「何か理由でもあるの？」

いつの間にか口調から堅苦しさが抜けた死神が私に尋ねる。そんな死神に、思わず苛立った声を上げた。

「あぁ、もう！」

だって、どうしてどうしてと質問ばかり面倒くさくて仕方がない。そんなの……！

「私が生きていると、邪魔だからに決まってるじゃない」

「邪魔って……」

「家族に、迷惑がかかるのよ。こんな出来損ないの、お荷物のような私がいたら」

吐き出すように言った言葉に、死神が息を呑《の》むのがわかった。私の魂を取りに来たくせに、どうして私のことに、私以上にショックを受けるのか。顔なんか見えないくせに、態度から私を気の毒がっているのがわかる。やめてほしい。それじゃあまるで、私が可哀そうな子みたいじゃない。そうじゃない。私は、私の意志で……。

「別に、死ぬのは怖くないの」

「そう」

「たくさんの友達が先に逝って向こうで待っているからね。早く逝って久しぶりにみんなの顔が見たいぐらいよ」

いつの間にかギュッと握りしめていたシーツから、手を離す。しわが寄ってぐしゃぐしゃになったシーツは、泣くのを我慢している顔のようだった。

「っ……」

まるで心の中を見透かされたようで、しわになったシーツを引っ張ると、私は目の前の死神に尋ねた。

「それで？　いったいいつ私を殺してくれるの？」

死神はコホンと咳払《せきばら》いを一つして、口を開いた。

「相良真尋《さがらまひろ》さん。十六歳。小さい頃から心臓を患っていて入退院を繰り返している。これは君のことであっているね？」

「あってるわ」

「そう。――さっきも言った通り、君の命はもうすぐ尽きる」

「具体的には、いつ？」

「今日から三十日以内」

三十日以内。と、いうことは最長であと三十日も生きていなくちゃいけないのか。

早咲きの桜が咲き始めた窓の向こうに視線を向ける。三十日後にはきっと、桜は散ってしまっているだろう。つまり春が終わる頃、私は逝くということだ。あの桜に、見送られながら。

「話を続けてもいいかな？」

「ええ」

気づけば暗闇に浮かぶピンク色の桜の花をジッと見つめていた私に、死神は声をかけた。ほんの少しの動揺も気づかれたくない。私はなんでもないふうを装って、死神へと視線を戻した。

「三十日以内に、なんらかの要因で君は死ぬ。そして、僕がその魂をあの世に連れていく。ただし――」

「ただし？」

「僕たち死神には、死に逝く方たちが笑って逝けるように手助けをしなければいけないという決まりがある。そのために、僕は君の願いごとを三つ叶《かな》える」

死神の言葉に、私は思わず吹き出した。だって、願いごとって。そんな絵本の中の世界みたいなこと……。

「何がおかしい？」

「だって、冗談でしょ？」

「僕はいたって真剣だよ。と、いっても僕たちに叶えることができるのは君にかかわるささやかな願いごとだけだ。誰かを傷つけたり、誰かの感情をコントロールしたり、それから、死を覆したりすることはできない」

なんなの、それ。そんなの……。

「じゃあ、何ができるって言うの⁉」

「たとえば、君の心残りを取り除くこと、かな」

私の――心残り？

その抽象的な言葉に、思わず私は窓の外の桜を見つめていた。

あの桜が――。

「どうかした？」

「なんでもない」

「そう。他に質問はない？　じゃあ以上だ」

「あ、ちょっと！」

これで話は終わり、とでも言うように背を向けた死神に私は慌てて声をかけた。気になることはまだたくさんあるのに、勝手に終わりにされちゃたまらない。

そんな私に死神は、どこか面倒くさそうに振り返った。

「まだ何か？」

「三十日以内って全然具体的じゃないよね？　それになんらかの要因ってどういうこと？　病気で死ぬんじゃないの？　それから願いごとを叶えるって、いったいどうやって……」

「質問が多い」

「だって」

気になることは聞いておかないと。そう言った私に、目の前の死神はわかりやすくため息を吐いた。

「一つずつ答えるよ。まず、何日に死ぬ、というのは教えることができない」

「どうして？」

「以前、死神から自分が死ぬ日を聞いた人間が、それよりも早くに自死してしまう事件が起きたんだ。──死因も変わってしまって、あのときは大変だった」

死神は何かを思い出したかのように、フードの上からこめかみのあたりを押さえる。

他人事《ひとごと》を装って言っているけれど、この反応は、案外伝えたのは死神本人なのかもしれないと、私はそう思った。

「だから、死ぬ日を教えることはできない」

「そう。なら、死因は？」

「それもダメだ。死因を変えられてしまうかもしれない」

「ケチなのね。じゃあ」

もしも、先ほどのあれが私の思い違いじゃなくて、この死神が過去にやらかしたことなのだとしたら。そういう甘いところがある人なのだとしたら。

私は、自身の左胸を指差した。

「一つだけ教えて。私が死ぬのは、このポンコツな心臓が原因？」

「……違う」

悩んだような間のあと、死神は手帳らしきものを見て首を振りながらそう言った。

あれに何か──おそらく私の死に関することが書いてあるようだ。背表紙には頭の欠けた星が印字されているのが見えた。どうして欠けているんだろう？　一瞬、そんな疑問が頭をよぎったけれどそんなことは別にどうでもいい。それほどまでに興味があるわけでもない。それよりも。

「これだけ長く病気で入院しておいて、心臓が原因で死ぬんじゃないなんて滑稽《こっけい》ね」

思わず笑いが込み上げる。なんのために、今まで治療をしてきたというのだろう。なんのために、今こうやって一人で入院しているというのだろう。心臓が原因で死ぬのでないのなら、今私がここにいる必要なんてないじゃない。

ううん、そんなことないか。私がここにいなくちゃ困る人たちが少なくともいるのだから。私が病院の外にいちゃ邪魔な人たちが。

でも、そっか。心臓が原因じゃないのか……。

まあ、いっか。あの苦しい思いをして死ぬんじゃないとわかっただけで、少し気持ちが楽になった気がする。

「教えてくれてありがとう」

死因を伝えることはできないと言っていたにもかかわらず、心臓が原因ではないことを教えてくれた。

もしかしたら、この人はぶっきらぼうな態度とは反対に、意外といい人なのかもしれない。自分の魂を取りに来た死神に、いい人というのはおかしいのかもしれないけれど。

思わず、自分の単純な思考回路に笑ってしまう。そんな私を死神は何も言わずにジッと見つめていた。

「ねえ」

ふと思いついて、私は死神に話しかけた。死神は、不思議そうに首をかしげる。

「どうかした？」

淡々とした口調で喋《しゃべ》る死神に対し、私は満面の笑みで言った。

「それじゃあ、その日まで私の話し相手になってもらおうかな」

「え？」

あっけにとられたような声を上げる死神におかしくなりながらも、私は一つだけ心配なことがあって言葉を続けた。

「あ、でもこれお願いごとになっちゃう？　さっそく一つ使っちゃったことになるのかな？」

「いや、それぐらいなら、ならないけど。まあ、たまになら……」

「たまにじゃないわよ。毎日よ」

「毎日!?」

心底嫌そうな声で死神は言う。でも、今までの冷静な口調が崩れたことに小気味よささえ覚えた。

「そうよ。あなただって私の願いごとを叶えるためにはここに来ていた方が都合いいでしょ？」

「それは……。いや、でも……」

「決まりね。じゃあ、その日までよろしく。死神さん」

もしかすると死神さんは今、困ったような表情を浮かべているのかもしれない。

笑みを浮かべる私とは対照的に、「あー」だの「それは」だの往生際悪く言っている死神さんがなんだかおかしくって、私はわざともう一度にっこりと笑った。

「……っ」

「よろしくね」

そんな私に観念したかのように、消え入りそうなほど小さな声で死神さんは呟《つぶや》いた。

「……よろしく」

これが私と死神さんの、長くて短い三十日間の物語の始まりだった。

2. 最初で最後の初デート

その日から、死神さんはいつだって窓からやってきた。いつの間にか開いた窓から、ふわっと桜の花の匂いが病室へと吹き込んでくる。それを合図に顔を上げると、まるで最初からそこにいたかのように、彼はベッドのそばに立っていた。

「こんにちは」

「こんにちは。死神って暇なのね。言われたからって本当に毎日来るなんて」

「そんなことないよ。これも仕事だからね」

どうやら死神さんは、あの日私が言った「話し相手になって」という言葉を律儀に守るために、こうやって毎日病室へと通っているようだった。私以外の担当の仕事はないんだろうか、という疑問が一瞬頭をよぎったけれど、仕事の意味を考えると背筋に寒気が走るのを感じて、私は考えるのをやめた。

「今日は何か面白いことあった?」

「いや、特に」

考えるそぶりをすることもなく答える死神さんに、私は小さくため息を吐いた。

「つまらないのね」

話し相手というなら何か話題になることを用意してくれたらいいのに。なんてブツブツと呟く私に、死神さんは口を開いた。

「そういう君は、願いごとは決まったのかい？」

「……まだよ」

私の返答に、死神さんはため息を吐く。自分も同じことをしたくせに、その態度に少しイラッとした。

「何よ、ため息なんて吐いちゃって。あ、もしかしてさっさと願いを叶《かな》えたらその時点で魂を持っていけるとかそういうこと？」

「別にそういうわけじゃない。ただ、なるべく早く願いごとを叶えておかないと、叶える前にその日が来たら困るだろう」

「ふーん？　ねえ、もしも願いごとを叶え終わる前に魂を取る日が来たらどうなるの？」

死神が訪れてから三十日以内に死ぬ、目の前の死神はあの日そう言っていた。とはいっても、みんながみんな三十日ギリギリまで生きているわけではないだろう。例えば極端な話、死神がやってきた翌日に死ぬことだってあり得るわけだ。

ならば魂を取るその時点で、もしも願いごとを叶え終わっていなければどうなるのだろうか。死ぬのが延期される？　そんなバカなこと……。

「どうにもならない。僕らはそんなことのないようにきちんとその日が来るまでに願いを叶える」

「もし叶え終わってなかったら？」

「あり得ない」

「あっそう」

取りつく島もない態度に、私はそっぽを向いて黙り込んだ。

「…………」

「…………」

病室が静まり返る。そもそも私が話しかけなければ、死神さんが口を開くことはほとんどない。話し相手と言いながら、結局のところ私が話しかけて、それに死神さんは返事をするだけだ。

……だからかな。一人きりじゃないはずの病室なのに、こうやってお互いに黙っていると一人きりのときよりも嫌な静寂に包まれている気がするのは。

私は、そっと視線を死神さんのほうに向けた。フードを目深に被《かぶ》っているせいで、顔を見ることができず、いったい何を考えているのかすらわからない。

「どうかした？」

私の視線に気づいたのか、珍しく死神さんが口を開いた。けれど、のぞき見をしていたのがバレた私は気まずさを隠すように、頭まで布団を引っ張り上げた。

「なんでもない！　気分が悪いからもう休む！」

「そう。じゃあ、今日は帰るよ」

そう言ったかと思うと、窓の開く音がした。

「えっ!?」

慌てて布団から顔を出したけれど、そこにはもう誰の姿もなかった。私は、再び一人きりになった病室で、開いたままの窓の向こうを見つめていた。


翌日も、そのまた翌日も死神さんは律儀に私の病室を訪れて、会話と呼べないような会話をし、そして帰っていった。会話が盛り上がるわけでもない。何か楽しい話をしてくれるわけでもない。ただ気まずい空気と空回りしたような会話を続ける私たち。

こんなことなら『話し相手になって』なんて頼まなければよかった。そう思ってため息を吐いたとき、病室の窓が開く音が聞こえて私は顔を上げた。

「……こんにちは」

「こんにちは」

相変わらずフードを目深に被り、彼は窓からやってきた。

「………」

死神さんは何も話さない。そんな彼に嫌気がさし、私も口を開くことはなかった。

こんな日が死ぬまで続くのであれば、もう来なくていいと言ってしまおうか。だって、最期の日までこんな気まずい空気の中で過ごさなければいけないなんて、そんな苦痛なことはない。

「あのっ！」

「あっ」

「え？」

私の声と重なるようにして発せられた死神さんの声に思わず振り返ると、開いたままだった窓から何かが勢いよく飛び込んできた。

「えっ、な、何？　きゃっ！」

思いっきり私の腕を引っ張ると、死神さんは私の身体を引き寄せ、自分の背中に隠した。いったい何が起きているのか……。

「な、何が……」

「……小鳥」

「え？」

「小鳥が飛び込んできたんだ」

その言葉に、何かが飛んでいった方向を死神さんの肩越しに見ると——そこにはたしかに、小鳥の姿があった。でも……。

「怪我、してる」

「え？」

私の言葉に、今度は死神さんが聞き返す番だった。

「本当だ」

小鳥は何かにやられたのか、茶色い身体のあちこちが赤く染まり、ぐったりとしていた。もしかしたら何かから逃げて、たまたま開いていたこの病室に飛び込んできたのかもしれない。

「手当て、しなくちゃ！」

「ダメだ！」

看護師さんに頼んで包帯をもらって——。そんなことを考えながら、小鳥のもとへと駆け出そうとした私の腕を死神さんが摑《つか》んだ。

「なっ……」

「いいから、ここにいて」

何をするの、そう言おうとしたのに……死神さんの真剣な声に何も言えなくなってしまう。そんな私をその場に残すと、死神さんは小鳥に近づいた。

「あっ！　その小鳥、どうする気なの……？」

問いかけた私に答えることなく、死神さんは小鳥へと手を伸ばした。死神さんの仕事は、魂を取ること。もしかしたらそれは人間だけに限らない……？　まさか、あの小鳥も……？

「やっ！　ダメ！　殺さないで！」

ギュッと目を閉じた。その光景を見たくなくて。けれど――。

もうダメだ！　そう思った次の瞬間、私の耳にチュンチュンと元気に鳴く小鳥の声が聞こえた。

「え……？」

その声に恐る恐る目を開くと、死神さんの手のひらの上にいる小鳥の姿が見えた。あんなにも滲《にじ》んでいた血は跡形もなく消えていた。

「治して、くれたの？」

「……………」

「なんで……？」

「別に。気まぐれだよ」

そう言うと、死神さんは手のひらに乗せた小鳥を、窓の外へと放った。すると、先ほどまでのぐったりとしていた様子が嘘のように、小鳥は軽快に空へと飛び立っていった。

「よかった……」

「そうだね」

小鳥が飛び立っていったあとを、死神さんはジッと見つめている。いったいこの人は、何を考えているのだろう。

「ねえ、死神さん」

「……っ」

「まっ……」

どうして小鳥を助けてくれたのか――そう尋ねようとした瞬間、死神さんは先ほどの小鳥と同じように窓の向こうへと姿を消してしまった。まるで、私が話す言葉の続きを、聞きたくないとでもいうかのように。

「助けてくれてありがとうって、言いそびれちゃった」

それにしても……。さっきは小鳥に触れようとした私を怒鳴りつけたし、かと思えば怪我をした小鳥を治してくれたりもした。

いったいあの人は優しいのか、そうじゃないのか。

「うーん」

「真尋ちゃん？」

「あ、牧田《まきた》さん」

コンコンというノックの音とともに病室のドアが開いて、看護師の牧田さんが顔を出した。牧田さんは、私の担当の看護師さんだ。プライマリーナーシングといって、一人の看護師さんが一人の患者に対して専任でついてくれているのだ。だから、入院期間が長い私にとっては、まるでお姉ちゃんのような存在だった。

「ごめんね、休んでた？」

「いいえ、大丈夫です」

「そう？　なら、よかった。……って、あれ？　鳥の羽？」

「あっ……」

牧田さんは、目ざとく部屋の隅に落ちていた鳥の羽を拾い上げた。死神さんが治療する前に落ちたのか、その羽には小鳥の血がべっとりとついていた。

「これは？」

「あ、えっと……。さっき、怪我をした小鳥が迷い込んできて、それで……」

「触ったの!?」

「え？」

「怪我をした鳥に触ったの!?」

いつもは優しくてニコニコしている牧田さんが、凄《すご》い剣幕で言うから……。私は、黙ったまま首を振ることしかできなかった。

「触ってないのね？」

「は、はい。その、迷い込んできたけど、すぐに出ていったから」

「そう。ならよかった」

　ホッとしたように息を吐くと、牧田さんはいつもみたいに優しく微笑んだ。

「野生の……ううん。野生じゃなくても動物はどんな菌を持っているかわからないからね。ましてや、怪我なんかして血が出ていたら、そこからどんな感染症にかかるかわからないの。だから、絶対に触っちゃダメよ」

「はい……」

　そういえば、そんな話を小さい頃に聞いたような気がする。病室にいたくなくて、勝手に抜け出していた私に、野生の生き物には気をつけるようにと。最近は、病院の外に出るような、そんなこともなかったしすっかり忘れてしまっていた。もしもあのとき死神さんが止めてなければ今頃――。

「あっ……！」

「うん？　どうかした？」

「あ、いえ。なんでもないです」

「そう？　じゃあ、これを捨てて、手を消毒してからまた来るわね」

そう言って病室を出ていく牧田さんの背中を見送りながら、私は先ほどの死神さんの行動を思い返す。

もしかして死神さんは、さっき牧田さんが言ったことを知ってて、それで私が触れないようにああやって？

感染症にかかって死なれたら、死因が変わるから——。彼に聞いたら、そんなふうに言うかもしれない。でも……。

「もしかしたら、そんなに悪い人じゃないのかもしれない」

私の中で、ほんの少しだけ死神さんへの印象が変わった。そんな気がした。


——そして、今日も病室の窓が開く。

「こんにちは」

「っ……こんにちは」

スッと現れた死神さんに私が声をかけると、彼は驚いたようにこちらを向いた。

「まるで僕が現れるのがわかっていたようだね」

「わかんないわよ。わかんないから、待っていたの」

「待っていた？」

怪訝《けげん》そうに、彼は言う。そう、私は待っていたのだ。いつ来るかもわからない死神さんを。かれこれ――。

「三時間ぐらいかな」

「そんなに!?」

「嘘よ」

「くっ……」

騙《だま》されたことに、死神さんは悔しそうな声を漏らす。その反応がおかしくて、私は思わず笑ってしまった。

「ふふっ。ホントはね、そろそろ来るかなって少し前から外を見てただけ」

「そう」

その口調が、どこか拗《す》ねたように聞こえて、私はもう一度笑った。

不思議だ。昨日までならきっと、この人とこんなふうに話をしようなんて思わなかった。それどころか、この人が来るのを今か今かと待つことなんてなかったのに。

「ねえ、死神さん」

「なんだい」

私は、ふぅっと息を吐くと、昨日のあの疑問をぶつけた。

「昨日、私が小鳥に触れるのを止めたのは――私のため？」

「別に」

死神さんはそっけなく言う。でも、否定もしないその口ぶりが「だとしたら、どうなの」とでも言っているように聞こえる。

「そっか。止めてくれて、ありがとう」

「怒鳴られて礼を言うなんて、変わった人だね」

「そう？　あなたほどじゃないと思うけど」

自分が魂を取る人間の心配をするなんて、あなたこそ変わった死神よ？　そう言いたかったけれど、これ以上何か言うとまた帰ってしまいそうだったから、私は小さく笑うだけにした。

死神さんは「ふん」と鼻を鳴らすとそっぽを向いてしまう。

そんな態度すらもおかしくて笑ってしまいそうになるけれど、私はこみ上げてくる笑いを必死にこらえると「ねえ」と話しかけた。

「死神さん、今日は何か面白いことあった？」

「今日？　別に、いや、うーん……」

ようやく話題が変わったことにホッとしたのか、死神さんは必死に何か面白いことはなかったのか考え込むように黙ってしまう。あまりにも何度も「うーん」と唸《うな》るので、私は助け船を出してみることにした。

「たとえば、ほら。怪我をした小鳥から恩返しされたとか」

「帰る」

「あっ。冗談よ、冗談！」

慌てて、立ち去ろうとした死神さんの服の裾《すそ》を摑《つか》んだ。

からかいすぎたのだろうか。でも、なんとなく今日は死神さんを近くに感じる気がして、もっと話をしたくなっちゃったんだもん。

「……はなして」

「え？　話して？」

「違う。それ、離して」

「あ、ごめん」

手を離すと、死神さんは小さく首を振って、それからため息を吐いた。

やだな……。ため息ばかり吐かれてしまうと、せっかくの楽しい気分も萎《しぼ》んでしまう。俯《うつむ》いた私は、シーツをギュッと握りしめた。

「――面白いかはわからないけど」

「えっ？」

シーツを見つめていた私の耳に死神さんの声が聞こえて、思わず顔を上げた。

「さっき猫に囲まれたんだ」

「どういうこと？」

「眠たくなったから芝生の上で転がっていたんだけど、気がついたら僕を囲むように猫が……」

「何、それ」

猫に囲まれて困っている死神さん……。

「ふふっ……」

追い払うこともできずに困っていたのかな、とか追い払おうとしたけど猫がどんどん集まってきたのかな、とか考えるだけでおかしくなる。

「笑うなよ。食べられるかと思ったんだから」

クスクスと笑う私に、死神さんが真剣な声のトーンで言うから、私は余計におかしくなって涙が出るほど笑った。さっきまでの沈んだ気持ちなんて、どこかへ吹き飛んでしまうぐらいに。

こんなふうに笑ったのはいつぶりだろう。牧田さんや他の看護師さんとの会話で笑ったことがないと言えば嘘になる。でも、そこに一切の気遣いや愛想笑いが含まれていなかったかと言われれば、それもまた嘘になるわけで。

だからこそ、私にもこうやって気兼ねなく笑うことができたのだと、正直なところ驚きが隠せない。そして、その相手が――自分の魂を取りに来た死神さんだということにも。

「死神さんって、面白い人なのね」

「そうかな？　周りからは面白味のないやつって言われるけど」

「周りって他の死神さん？　あなたみたいな人がいっぱいいるの？」

私の言葉で、一瞬にして死神さんの纏《まと》う雰囲気が変わった。

どうやらこれは聞いてはいけないことだったようだ。気まずい空気に、私は何か違う話題を、と思うけれど、そういうときに限って上手《うま》く言葉が出てこない。取り繕うこともできず、結局、私が何か言おうとする前に死神さんが口を開いた。

「ごめん」

「え？」

「いや、なんでもない」

死神さんは咳払《せきばら》いを一つして、それから私に背中を向けた。

「今日はもう帰るよ。また明日《あした》」

「あっ……！」

そう言って死神さんは病室から飛び出すと、窓の向こうに姿を消した。

残された私は「ごめん」の意味がわからないまま、死神さんが消えたせいで丸見えとなった満開の桜でピンク色に染まった外の景色を、一人ボーッと見つめていた。

そのまま、どれぐらいの時間が経っただろうか。

病室に、コンコンと小さなノックの音が聞こえた。

「はーい？」

「こんにちはー」

「望《のぞみ》ちゃん！」

病室のドアの隙間から笑顔を見せていたのは、数か月前に入院してきた矢代《やしろ》望ちゃんだった。

おいで、と手招きをすると、望ちゃんは小走りにベッドのそばまでやってくる。その身体をひょいっとベッドに乗せると、望ちゃんは「ありがとう」と言って俯いた。

「どうしたの？」

「んーとね」

「望ちゃん？」

「えへへ。ちょっとだけ、さびしくなっちゃって」

舌たらずな口調で、寂しさを我慢するかのように笑う望ちゃんを見ていると、胸の奥がキューッとなる。最初は妹がいたらこんな感じなのかな、なんて思っていたけれど……。

もしかしたら私は、この小さな少女に、自分自身を重ねていたのかもしれない。家族と離れて、一人っきりで入院していた小さな頃の自分を。

「………」

「おねえちゃん、どうしたの？」

「あ、ごめんね。なんでもないよ」

突然、黙り込んでしまった私を、望ちゃんが不安そうに見上げていた。いけない……。こんな小さな子に、心配かけてしまうなんて……。

「ホントに？　ホントのホントにだいじょうぶ？」

「うん、大丈夫。ありがとね」

心配そうな表情を浮かべる望ちゃんの頭を優しく撫《な》でると、望ちゃんはくすぐったそうに笑った。

「可愛いなぁ」

「おねえちゃんもかわいいよ！」

「ホント？　ありがとう」

私たちは顔を見合わせて、ふふっと笑った。

それからしばらくの間、望ちゃんとお喋《しゃべ》りをしていると、再び病室にコンコンというノックの音が響いた。

「ご飯の時間よー。って、あれ？　望ちゃん？」

「あ、まきたさーん」

「さっきそこで看護師さんが捜していたよ？　望ちゃんが病室にいないって」

「ホントに？　じゃあ、びょうしつにもどらなくっちゃ」

牧田さんの手を借りて望ちゃんはベッドから降りると、病室を出ていった。

「またね、おねえちゃん」

と、手を振りながら。

その姿に思わず小さく笑うと、ベッドに横になる。いつもと同じ病室に、いつも通り一人でいるはずなのに……。なぜか胸の中は、いつもより温かい気持ちになっているのを感じていた。

＊＊＊

翌日、夕方になっても死神さんは病室に顔を出さなかった。

「おねえちゃん、あそびにきたよ」なんて、お昼過ぎに望ちゃんが来ていたけれど、少し前に検査があるとかで看護師さんが迎えに来て行ってしまった。

一人きりの病室は退屈で、何度か「死神さん、いないの？」と呼びかけたりもしたのだけれど返事はなかった。仕事の一環だなんて言っていたはずなのに来ないなんて職務怠慢もいいところだ。なんて言ってみたところで、突っ込んでくれる人もなく。私は思わずため息を吐いた。

「はぁ。今日はもう来ないのかな」

入退院を繰り返すと、いつの間にか私も、そして家族もその状況に慣れてくる。最初こそ毎日のように来てくれていた両親も、気がつけば二日に一回、一週間に一回。二週間に……とだんだんとお見舞いに来てくれる回数も減っていった。

仕事をしているから仕方がないとわかっている。もっといっぱい会いに来て、なんてワガママを言うほど子どもなつもりもない。ただ、ほんの少しだけ。誰も訪れない病室は静かで寂しくて、退屈だった。

「死神さんの、バカ」

「呼んだ？」

「死神さん！」

「え、どうしたの？」

「別に！　今日は遅かったじゃない！」

会いたいな、と思っていたときに現れた死神さんに、どうしてか素直になれなくて、私はそんな憎まれ口を叩《たた》いてしまう。

でも、死神さんは優しく「ごめんね」と言うと、私のベッドの下にあった椅子を引き出して座った。

「上司から仕事を押しつけられてね」

「その話は、私が聞いても大丈夫なの？」

昨日の一件を思い出した私は、恐る恐る尋ねてみる。けれど、そんな私に「大丈夫だよ」と言うと死神さんは「ちょっと聞いてくれる？」と言って話を続けた。

「その上司っていうのがロクでもなくてさ」

「ロクでもない？」

「ああ。突然『今から遊びに行くからこの書類全部、俺の代わりに署名して提出しといて』なんて言って、姿を消したんだ」

「そ、そうなんだ」

「……そんなやつばっかりだよ、死神なんて」

こめかみのあたりをフードの上から押さえながら、うんざりだ、とでも言うかのように首を振った。

そんな死神さんの態度に、私はもしかして、と思った。

突然話し始めた、死神さん以外の死神の話。これは、もしかしなくても昨日のお詫《わ》びのつもりなのではないだろうか。あんなふうに話を終わらせてしまったことへのお詫びに、こうやって何気なさを装いながら、話をしてくれているのではないだろうか。

　そうだとしたら、なんて不器用な人なんだろう。

「ふふっ」

「僕、何か変なこと言った？」

「ううん、なんでもない」

　笑う私を見て、死神さんは不思議そうに首をかしげる。その仕草が妙に可愛らしくて、もう一度笑った。

「君は、よく笑うんだね」

「そうかな。だとしたら死神さんのおかげだね」

「僕の？」

「うん。さすがの私だって一人じゃ笑えないよ。死神さんがこうやって来てくれて、話をしてくれるから」

　私の答えに、なぜか死神さんは黙り込む。なんとなく、なんとなくだけどフードの中で困ったような表情をしているんじゃないかと思う。

　どうしてだろう、顔を見ることができないのに、死神さんがどういう表情をしているか、なんとなくわかる気がするのは。

「死神さ――」

「ねえ」

「え？」

私の言葉を遮るようにして、死神さんは私に呼びかけた。

「たとえばだけど、何かしたいこととかあるかい？」

「したいこと？……それは、願いごとの話？」

「ああ。いや、その、やり残したこととかあれば……」

「つまり、死ぬ前に思い残したことがあるかってことね」

「まあ、平たく言うと……」

もごもごと歯切れ悪く死神さんは言う。

思い残したこと、か――。

私は思わず視線を窓の外に向けた。そこには満開の桜の木があった。

「何か――」

「特に、ないかな」

私の視線を追いかけるように窓のほうへと顔を向けた死神さんの言葉に気づかないフリをして、私はわざと明るい口調で言った。

「え？」

「思い残すことなんて、特にないよ。言ったでしょ？　早く逝きたいぐらいだって」

「それはそうだけど」

「はい、だからこの話はもうおしまい！　願いごとはまた考えておくからさ！　何か他に楽しい話をしてよ」

どこか納得していない口ぶりの死神さんとの話を強引に切り上げると、私は思いついたように言った。

「そうだ、それが一つ目のお願いごとでいいよ」

「それぐらいなら願いごとに含まれないって最初に言っただろ」

「それは、そうだけど。でも、ホントにないんだよねー」

「まあ、そう言わずに考えておいてよ」

「……わかった」

その返事に頷《うなず》くと、死神さんは私の言った通り最近あった困った話をし始めた。

死神さんが病室に来るようになってしばらく経った。その日も当たり前のように死神さんは「こんにちは」と窓から現れた。

彼が現れるのは決まってお昼を少し回った頃。お昼ご飯が終わって、誰も部屋に来なくなった頃だった。

「今日はどんなことがあったの？」

「毎日毎日そんなに面白いことばかりないよ。昨日と同じだ」

「そう？　でも、毎日ここにいる私よりはいろんなことがあるんじゃない？」

「…………」

我ながら、嫌な言い方だ。私がここにいるのは別に死神さんのせいじゃない。代わり映えのしない毎日だって、もしかしたら私自身が変えようと思えばいろんな変化があるのかもしれない。それを何もせずに一日中このベッドから外を見つめているのは私なのに。

「ごめんなさ……」

「——でも」

死神さんは窓の外を指差した。

「でも、ここからは桜が見えるよ」

「……桜？」

死神さんの言葉に、私は言いかけたごめんなさいを呑《の》み込んで思わず尋ねていた。

「そう。僕、桜が好きなんだよね。だから——」

「私は……！　私は……あんな木、嫌いよ」

「どうして？」

「そんなことより——」

話を変えようとしたとき、部屋にノックの音が響いた。その音にビクッとして視線を向けると、いつの間にか開いたドアの向こうから牧田さんが顔を覗《のぞ》かせていた。

「真尋ちゃん。ごめんねー、朝測り忘れちゃったから血圧測らせてほしいんだけどいいかな？」

「あ、はい」

どうしよう、この状況をなんと言えばいいんだろう。思わず死神さんの方を見るけれどフードで表情の見えない死神さんは、声を発しなければ何を考えているのか全くと言っていいほどわからない。

けれど、焦る私をよそに牧田さんは淡々と血圧のチェックなどを行っていく。まるで死神さんの存在になんて、気づいていないかのように。

「はーい、ちょっと腕上げてねー」

「はい……」

これは、いったいどういうことだろう。というか、そもそも病室に私以外の人がいれば入ってきた時点で牧田さんは挨拶《あいさつ》するだろうし、きっと「邪魔しちゃってごめんね」なんて言葉を言うだろう。

と、いうことは——もしかして死神さんのことは見えていない？

そんな都合のいい話があるのかと思うけれど、そもそも私だって生まれてこの方、死神の存在なんて知らなかったし見たこともなかった。小さな頃から何度も病院に入院していて、悲しいけれど永遠のお別れというのも何度かしたことがある私だけれども、自信を持って言える。死神なんて、数日前この死神さんに会ったのが初めてだ。

なら、きっと今まで私に見えていなかったように、この死神さんも私以外には見えないのかもしれない。そう考えるのが、一番自然だ。

そう思うと急に力が抜けた。心臓がドキドキしていたから、これで寿命が縮まったら死神さんのせいだなー、なんて思うとちょっとおかしくなった。そんな私に牧田さんは「よし、終わり！」と言って腕から血圧計を外し始めた。

「ねえ、真尋ちゃん」

「はーい？」

心配ごとのなくなった私は、外した血圧計を片づける牧田さんに思わず気の抜けた返事をしてしまう。けれど……。

「さっき、私が声をかけるまで話をしていたのって、彼氏？」

「えっ？」

突然の言葉に、私は頭が真っ白になって何も言えなくなってしまった。

どういうこと？　見えていないと思っていたけれど、やっぱり見えていたの？　もしかして、死神さんのことを彼氏だと勘違いして、それで気を遣って話を振らなかったとか？

　相変わらず素知らぬ顔をしている死神さんにイラッとしながらも、私は牧田さんになんと言ったらいいかわからず、口をパクパクさせるものの言葉が出てこなかった。

　けれどそんな私に、牧田さんは何を勘違いしたのか、ベッドの上に置いてあったスマホを指差した。

「ここ病院だからさ、それをあんまりおおっぴらに使われちゃうと困っちゃうのよね」

「あ、あの……？　もしかして、スマ、ホ？」

「そうよー。でも、真尋ちゃんは入院期間長いものね。退屈しちゃうよねー。しょうがないか」

　困ったように牧田さんは笑うと、わざとらしく左右を確認して、それから小さな声で私に言った。

「私だからいいけど、看護師長の前では彼氏と電話しているところ、見られないようにね」

「え？　いや、えっと……」

「いいの、いいの。年頃の女の子だもん。牧田さん、ちゃーんとわかってるから」

　牧田さんは「そっかーそっかー。真尋ちゃんにもねー」なんて一人で言いながら、嬉《うれ》しそうに頷いている。どうやら聞こえていたのは私の話し声だけで、それを彼氏との会話だと勘違いしてくれたらしい。なんにしても、やっぱり死神さんの姿は見えていなかったようだ。なんだ、よかった……。

私はホッと小さく息を吐いて、それから話を合わせるように頭を下げた。

「すみませんでした」

そんな私に、手をひらひらとさせながら牧田さんは優しく笑った。

「若いっていいわねー。私も真尋ちゃんぐらいのときは楽しかったなぁ」

「そうなんですね」

「そうよぉ。まあ、もう十何年も前の話だけどね」

どう反応していいかわからない私を放ったまま、牧田さんは片づけた器具を片手に病室を出ようとして、もう一度こちらを振り返った。

「でもね、無理しすぎはダメよ。楽しくてもほどほどにね」

「はい」

頷く私に微笑むと、今度こそ牧田さんは病室を出ていった。

「焦ったー！」

ドアが閉まって、さらに足音が遠ざかるのを確認してから、私は盛大にベッドの上へと寝転んだ。

「どうしたっていうのさ」

「どうしたって……。死神さんのことが牧田さんに見つかったんじゃないかと思って、ヒヤヒヤしちゃったの！」

私は枕を手に取ると、死神さんに向かって投げた。それを悠々とキャッチして、死神さんは私に枕を投げ返した。

「担当の人間以外には、僕らの姿は見えないって言わなかったっけ？」

「聞いてないよ！」

「あれ？」

受け取った枕を膝《ひざ》の上に、わざとらしくボスッという音を立てて置くと、死神さんはすっとぼけたような声を出しながら、ポケットからゴソゴソと何かを取り出した。

それは初めて会った日に持っていた、あの頭の欠けた星の描かれた手帳だった。

「それは？」

「これは、僕らの仕事道具。ここに自分の担当する人間の名前が書かれている。もちろん、君の名前も」

「そう。でも、それがどうしたの？」

「この手帳に名前のある人間しか、僕の姿を見ることはできない。逆にいうと、君の名前は僕の手帳にあるから、君は基本的には僕以外の死神を見ることもできない」

つまり、牧田さんには死神さんの姿が見えていなくて、そのおかげで勘違いしてくれたからよかったけれど、もしスマホがなかったら私は病室で一人で喋《しゃべ》っていたと思われていたっていうこと？

もしかして、牧田さんはずっと一人で喋り続けている私を心配して病室に来たんじゃないだろうか。血圧を測るという理由をつけて。

だとしたら、特に誰かから連絡が来るわけでもないけれど、なんとなくスマホを手に取って近くに置いたままにしていたことが功を奏したのかもしれない。

「なーんだ。それを早く言ってよ！　そうしたらあんなにドキドキすることもなかったのに」

「ああ、それであんな百面相をしていたんだね。僕を笑わそうとしているのかと思ったよ」

「そんなことしないよ！」

思わず突っ込んでしまった私に、死神さんはこらえきれなかったのか「ははっ」と笑い声を漏らした。

「死神さんも、笑うんだ……」

こんなふうに、笑うんだ。

こうやって私の病室に死神さんが来るようになってしばらく経つけれど、笑い声を初めて聞いたかもしれない。それどころか、この人がこうやってプラスの感情を表に出すところ自体初めて――。

「なっ……」

思わずそう呟《つぶや》いた私に、慌てて咳払《せきばら》いを一つすると、死神さんはいつものように抑揚のない声で言った。

「笑ってなんか、いないよ」

その声のトーンが、いつもよりもほんの少しだけ上ずっているのに気づいてしまって、私は小さく笑った。

「でも、そっかー。彼氏かー」

「ん？」

小さな頃から病院での生活がほとんどだった私に、彼氏なんていたことあるわけない。それを悲しいとか寂しいとか、今まで思ったこと……。

……ううん、本当は一度だけ、たった一人だけ大好きで大切だった人がいた。でも、その人はもうきっと私のことなんか忘れてきっと幸せに暮らしているだろう。もしかしたらつき合っている人だっているかもしれない。私じゃない誰かを好きになって、恋をして、それで――。

「っ……」

胸の奥が、ツキンと痛んだ。こんなふうに彼のことを思い出すなんていつぶりだろう。ずっと思い出さないようにしていたのに。

私はそんな胸の痛みに再びふたをするように、わざとらしく明るい声で言った。

「そうだ！　ねえ、この前言ってたお願いごと。あれって三つまで叶《かな》えてくれるんだよね？」

「ああ、そうだけど……」

なんとなく、嫌な予感がしたのか死神さんは歯切れ悪く答えた。

そんな死神さんに、私はニッコリ笑う。そして死神さんを指差すと言った。

「私、決めた。一つ目のお願いごと。デートがしたい」

「デート？」

「そう、あなたと！」

「……僕と？」

その口調がとても迷惑そうで、表情なんて見えなくてもこんなにも人の感情というのは伝わってくるのだと私は感心してしまう。

けれど、気づいてしまったところで私だって引けない。こんな当てつけのようなデート、よくないってわかっている。わかっているけど、でも……。

「さっきね、牧田さんに彼氏って言われて気づいたの。私、今までに一度もデートしたことないってことに」

「そう、それは気の毒に。なら、願いごとは誰かとデートをするということで……」

その相手は自分ではない、と言わんばかりの態度に、私はニヤッと笑った。

「でも、誰と？　私のことを好きな相手なんていないわ。そして誰かの感情をコントロールすることはルール違反、でしょう？」

「それは……」

私の言葉に、死神さんは何も言えなくなる。

とはいえ、万に一つ、ううん、億に一つぐらいの確率でなら私のことを好きだと思ってくれている人が、今でもいるかもしれない。でも……。

「もしも頼めるような知り合いがいたとしても、言いたくないけどね」

「どうして？」

「だって、何かあったら絶対に迷惑かけちゃうでしょう？」

外出中にもしかしたら病状が急変するかもしれない。そうじゃなくても、きっと外出なんてしたら怒られるに決まっている。そのときに、私じゃなくてその人が怒られるようになることが嫌だ。私のワガママに他人を巻き込みたくない。

「でも、死神さんなら」

「僕なら？」

「仕事だし」

「それは、そうだね」

私の言葉に素直に頷《うなず》く死神さんに笑ってしまう。最初の頃の印象より、気づけばずっと死神さんの態度は柔らかくなった気がする。そんな死神さんに私はもっともらしい理由を続けた。

「それに誰からも見えないなら、怒られることもないでしょう？　周りから見たら、私が勝手に出かけただけにしか見えないのだから」

「たしかに」

「ね？」

「いやいや、だからと言って……」

私の言葉に、思わず納得しかけたのか、慌てたように死神さんは言った。

もう一押し、かな。

私は、同情を誘うように、悲しそうな表情を浮かべて死神さんの袖口《そでぐち》を摑《つか》んだ。

「可哀そうでしょ？　ね、お願い！　このまま一度もデートしたことがないまま寂しく死んじゃうなんて耐えられない！　私だって、年頃の女の子なのに！」

私の勢いに押されたのか「あー」だの「うー」だの言いながら死神さんは後ずさりを始める。このまま帰ってしまうつもりなのだろうか。でも、そうはさせない。袖口を摑んだ手に力を入れると、私は彼の名前を呼んだ。

「死神さん」

「何」

「どうしても、ダメ？　死神さんが、心残りがあれば言えって言ったのに……」

「それは……。いや、でも、僕なんかと行っても楽しくないだろうし」

「そんなことない！」

死神さんの言葉を否定した私の声が思ったよりも大きくて、ちょっと恥ずかしくなりながらもコホンと咳払いを一つして、それからニッコリと笑った。

「誰と一緒に行きたいかは私が決めるわ。私は、死神さん、あなたとデートに行きたいの」

そう言い切った私に、これ以上言っても無駄だと思ったのか、死神さんは観念したように小さく頷いた。

「わかったよ」

「ありがとう。それじゃあ！」

死神さんの気が変わらないうちに、と私は決行日を翌々日に決めた。なぜ翌々日だったかというと、ちょうどその日は土曜日で、看護師さんの数が少なくなり見回りに来る回数が減ることを知っていたからだった。

そして、今日。いよいよ、決行の日がやってきた。はやる気持ちを抑えながらお昼ご飯をなるべくいつも通りのスピードで食べ終え、回収に来た看護師さんにトレイを渡してから、私は私服に着替えた。

「入院中なのに私服なんて持っていたんだね」

用意周到な私に、呆《あき》れたような声で死神さんは言う。きっと、パジャマで出かけるつもりなのかい？　とか言って今日のデートを諦《あきら》めさせるつもりだったに違いない。

「パジャマで出かけるのかい？　って、尋ねるつもりだったんだけど」

ほら、やっぱり。

想像通りの言葉に笑った私を、死神さんは小首をかしげて見た。

「何か変なこと言ったかな？」

「ううん、なんでもない。これはね、気分のいい日に外を散歩することがあるんだけど、そのときにパジャマじゃあいかにも病人！　って感じじゃない？　まあ、病人なんだけど、気分的にね。だから、何着か入院用の荷物に私服を入れてあるの」

「散歩？」

「あ、言っておくけどそっちはちゃんと看護師さんの許可を取っているからね！」

「はぁ。あまり無理しすぎないようにね」

小さく首を振ると、まるで看護師さんのようなことを死神さんは言った。

そういえば——今よりももっと小さな頃もこんなふうに言われたことがあったのを思い出す。あの頃は、今よりももっと具合が悪くて、それこそ外に出ることすら許されていなかった。だから、たまにパジャマのままで、こっそりと外出するときは看護師さんに見つからないようにと、まるでドキドキハラハラの大冒険のようだった。

そんな私につき合って、いつも一緒に冒険してくれた男の子。大好きだったあの子は、元気にしているかな？　今もここに戻ってきてないってことは、きっと元気に過ごしているのだろう。

私と同じ時期に入院したのに、私より早く退院してそれっきり会っていない、大好きだった男の子。いつでも笑顔で、優しくて。彼が退院するとわかったときは悲しくて寂しくて……。きっとまた会いに来てくれる、そう思っていたのに、結局、あの日から一度も彼とは会っていない。

でも、そんなものだと諦めていた。私が人より長く病院にいるせいで、たくさんの子たちが退院していくのを見送ってきた。

みんなそのときは「元気でね」「また会おうね」「お見舞いに来るよ」なんて言うけれど、誰一人として来ることはなかった。それもそうだろう。みんな、闘病で苦しんだ場所になんて戻ってきたくないだろうし、それに来たところで私が生きている保証なんてないんだもの。そりゃあ来にくくても仕方がない。

そう、仕方がないのだ。だから、別に寂しくなんて、ない。

「どうしたの?」

「え?」

「なんだか、辛《つら》そうな顔をしていたから」

「ちょっと昔を思い出していたの」

「昔?」

開けっ放しになっていた窓を閉めながら、死神さんは尋ねる。

「そう。昔ね、今の死神さんみたいなことを言ってた子がいたなって」

「……へえ」

興味がないと言わんばかりの相槌《あいづち》に、少しイラッとした私は、意地悪く言った。

「まあ、死神さんとは似ても似つかないけどね。とっても優しくて、カッコよくって、それから……」

それから……。彼のことを思い出したくないのに、どんどん思い出が胸の中によみがえってくる。

「っ……」

「どうかした?」

「なんでもない！　ほら、時間ないし行こう！」

黙り込んでしまった私を、心配しているのかしていないのかわからないような口調で死神さんが言うから……。私は死神さんから表情が見えないようにわざと帽子を深くかぶると、慌てて病室の外に出た。

「ふう……」

ここからは堂々と歩いて他のお見舞いに来た人たちに紛れ込む方が見つからないということを、今までの経験から私は知っていた。不思議なことにコソコソしているときの方が、逆に看護師さんたちのチェックに引っかかってしまうのだ。

私は何食わぬ顔をして詰所の前を通り抜けると、ちょうど止まっていたエレベーターに乗って、慌てて閉めるボタンを押した。

閉まる直前、詰所の中から看護師さんがこちらに向かって来ようとしているのが見えた気がしたけれど、私は気づかないふりをしたまま閉めるボタンを連打した。

その甲斐《かい》あってか、遠くに見えた看護師さんとこちらを遮るように、エレベーターの扉はギギギギッと音を立てて閉まった。

「よしっ！　セーフ！」

「見つからなかったね」

「でしょ？　あとは外来で込み合っているはずの一階を通り抜ければ、誰にも咎《とが》められることなく外に出られるわ」

土曜日は午前中しか診察がないから、お昼を過ぎてもロビーが患者さんで溢《あふ》れていることは、事前にリサーチ済みだ。

「君の、行動力は凄《すご》いね」

一瞬、嫌味なのかと思ったけれど、どうやら死神さんは純粋に感心しているようだった。だから、私も「まあね」と言うと足早に、でも決して駆け足にならないようにロビーを通り抜けた。

あと、もう少し……！

「っ……はあー！　出られたー！」

外に繋《つな》がる自動ドアを出ると、私はいつの間にか止めていた息を吐き出した。

本当は私もここまで上手《うま》くいくとは思っていなかった。詰所から看護師さんが出てくるかもしれなかったし、外来がいつもより早く終わっていれば人通りのないロビーを歩くことになり、誰かに見つかっただろう。でも、詰所から出てきた看護師さんに気づかれることはなかったし、いつもの土曜日のように診察時間を過ぎてもまだまだたくさんの人が診察を待っていた。おかげで私は、誰に気づかれることなく病院を抜け出ることができた。できてしまった。

「それじゃあ、行こっか」

「ところで、どこに行くんだい?」

「そんなに遠くには行けないと思うのよね。だから、ちゃんと調べておいたの」

私はスマホのマップ機能で近くのゲームセンターを表示させた。いろいろ行きたいところはあったけれど、そもそも入院中で、普段は売店ぐらいにしか行かない私は、そこまで遠くに行くお金を持っていないのだ。

「ゲームセンター?」

「そう。何か変?」

「変ってわけじゃないけど。デートだって言ってたし、君のことだから、定番の遊園地とか映画館って言うのかと思ってた」

死神さんの言葉に、心臓がドクンと音を立てたのがわかった。私だって、死神さんとデートするって決まった日からたくさん考えた。どこに行こうかとか何をしようかとか。スマホで『デート　行き先』なんて検索したりもした。でも……。

「行きたくないって言ったら嘘になるけど、でも映画は時間がかかりすぎちゃうでしょ? 映画を見たらそのまま病院に帰らなきゃいけないっていうのももったいないし。

遊園地は……」

「遊園地は?」

遊園地は、どうせほとんどの乗り物に乗れない。だから、行ったところで楽しめないことを私は知っていた。小さい頃、一時退院のときにお父さんとお母さんと一緒に行った遊園地。乗れるものは少なかったけれど、楽しくて、本当に楽しくて。

「っ……なんでもない！　それにね、私ゲームセンターって行ったことないから行ってみたかったの」

「そう……」

嘘じゃない。本当にずっと憧《あこが》れていた。漫画の中で女の子が学校帰り、好きな男の子と二人でゲームセンターへと行く放課後デートのシーンに。

まあ、相手は好きな相手でもなんでもなくて、私の魂を取りに来た死神だっていうのが笑えるけれど。

「だからいいんだ」

「そっか。じゃあ、行こうか」

死神さんは手を差し出すとそう言った。

私は一瞬、意味がわからなくてきょとんとしてしまう。そんな私の手を取ると死神さんはギュッと握りしめた。

「デート、なんでしょう？」

「死神さん！」

繋がれた手を握り返し、思わず振り上げようとした私を制止するように、死神さんは言った。

「言っておくけど！　僕の姿は周りから見えないからね。だから、僕の手を振り回したりなんかしたら、君は一人ではしゃぎながら手を振り回している怪しい人だって思われるよ」

「それでもいいから試してみてもいい？」

「ダメ。なら、手を離す」

「ええー！　じゃあ、しないから！　ね？」

パッと離されてしまった手を慌てて摑《つか》むと、死神さんは呆《あき》れたように言った。

「仕方ないなぁ」

でも、繋いだ手を握り返してくれるから、本当は優しい人なんだと思う。

死神なのに優しいって変なの。そんなことを考えているとちょっとおかしくなる。

でも必死に笑いをこらえると、私はコホンと咳払《せきばら》いをして、それから死神さんの方を向いた。

「ありがとう」

「別に」

ぬくもりを感じない冷たい手を握りしめながらそう言うと、死神さんは小さく返事をして歩き始める。

そんな死神さんの隣を私も歩く。ゆっくりと、歩調を合わせながら、二人で。

久しぶりの外は土の匂いとほんの少し肌寒い風が心地よかった。

病院の中は温度が管理されていて、寒いとか暑いとかそういうことを感じることはない。それこそ死神さんがやってくるたびに開く窓から吹き込む風ぐらいでしか、外気に触れることすらない。

でも、こうやって歩くと、今が春なんだと実感できる。窓の向こうに見えていた桜の木は、季節が春になったことを教えてくれていたけれど、全身で感じるのとは全然違う。

「寒くない？」

春といってもまだそんなに暖かいわけじゃない。冷たい風が吹いて思わず首をすくめた私に、立ち止まると死神さんは心配そうな口調でそう尋ねた。

でも、ここで連れ戻されるわけにはいかない。

「大丈夫だよ」

そう言うと、私は動かない死神さんを引っ張るようにして歩き始めた。

まだまだこれからなのだ。こんなところで「やっぱり帰ろうか」なんて言われるわけにはいかない。

「ほら、早く行こう」

「あ、ちょっと……」

「ね、死神さんってゲームセンター行ったことある？」

「僕？　そりゃまあ、あるといえばあるけど……」

「それって死神として？　それとも……」

素朴な疑問だった。この人は、ずっと死神なのだろうか？　もしかしたら死神として生きる前は人間だったんじゃあ……。

でも、死神さんは首を振った。

「秘密」

「ええー？　教えてよ」

「個人的なことにはお答えできません」

「何よ、いまさらー」

ぶうぶうと文句を言う私に、死神さんは困ったようにフード越しに頭を掻《か》いた。

「仕方ないなぁ」

「やった！」

「君の想像通り、死神になる前。まだ人間だったときだよ」

「やっぱり！　そうじゃないかと思ったの。ねえ、死神さんはどんな人だったの？」

私の問いかけに死神さんは首に手を当てると、考え込むようにして、それから口を開いた。

「うーん、普通だよ。特に何も楽しいこともなく、それなりに生きて、それなりに死んだ」

「なんだか退屈そうね」

「そうだね。だから、君の方が僕なんかよりよっぽどきちんと生きていて偉いと思うよ」

「別に……」

真剣な声のトーンで突然そういうことを言われると、どう反応していいか困る。

「どうしたの？」

思わずそっぽを向いた私に死神さんは不思議そうに尋ねてくるけれど、私は何も言えなかった。

何も褒められるようなことなんてしていない。必死で生きてなんていないし、頑張ってもいない。ただ私は怖くて逃げているだけなのだ。自分自身に向き合って、それで死ぬことを意識することがただただ怖いだけなのだ。

それを、死神さんの言葉で思い知らされるなんて……。

「えっと……」

「――あ、あそこ！」

「え？」

「ほら、あれじゃない？　ゲームセンター」

話を逸《そ》らすように指差す先へと視線を向ける私に、死神さんは一瞬悩んだような間のあとで頷《うなず》いた。

「あ、ああ。そうだね、きっと」

「やった！　早く行こう！」

結局、私は死神さんのどうしたのか、という問いに答えることなく、繋《つな》いだ手を引っ張るとゲームセンターへと向かった。

入り口のところで手渡されたチケットをポケットに入れると、私たちはゲームセンターの中へと足を踏み入れる。

「へーこういうところなんだね」

中は音楽と人の声が溢《あふ》れていた。これだけうるさければ、私が死神さんと話しているところを見られたとしても誰も気にかけることはなさそうだ。

それにしても……。

「ゲームセンターってこんな感じなの？」

「どういうこと？」

「カップルよりも男の子同士とか、あと親子連れの方が多いじゃない」

「そうだね、休日の昼間だったらこんなもんかも。平日の夕方なら学生がデートに来てたりするんじゃないかな」

「ふーん。なんだ、つまんないの」

思わず口から出た言葉に、慌てて死神さんの方を向いた。

「って、違うの！」

「ん？」

「死神さんと一緒に来たのがつまんないとかそういうのじゃなくて、その……」

「わかってるよ」

「え……？」

その口調があまりにも優しくて、見えないはずの死神さんの顔を自然と見上げていた。

「わかってる。漫画の中で、女の子たちが好きな男の子とデートしていた、そんなシーンに憧《あこが》れてたんだよね」

「どうして……」

「わかるよ。僕は君の――」

「私の？」

死神さんはそこまで言うと、なぜか黙り込んでしまった。いったいどうしたというのだろうか？　不思議に思っていると、コホンッと小さく咳払《せきばら》いをして、それから死神さんは口を開いた。

「君の、担当だからね」

「担当ってそんなことまで調べるの？」

「え、いや……。他の人はどうだかわからないけど。でも僕は、どうせなら悔いなく逝ってほしいと思ってるから」

何か誤魔化されたような気もしたけれど。

……でも。

「死神さんらしいね」

「僕らしい？」

死神さんは私の言葉に、不思議そうにそう言った。

彼らしいなんて言えるほど、この人と長くつき合ったわけじゃないけれど、でも出会ったあの日から今日まで毎日のように顔を合わせていれば、この人が不器用で誠実な人だってことは私にもわかる。最初の頃のような、冷たくて怖い印象は、もうこの人にはない。だから……。

「あなたが私の担当でよかったってこと」

「っ……」

「あっ！　あれって撮った写真がシールになるんでしょう？　私、撮りたい！　行こう！」

「あ、ああ……」

なんだか恥ずかしくなって、私は奥に見つけた撮影コーナーへと向かった。そんな私を追いかけるようにして死神さんも歩いてきた。

「早く、早く！」

……そういえば、死神さんは写真に写るのだろうか？　写ったらいいなぁ。

けれど、そんな私の期待はあっけなく打ち砕かれた。

「あぁー……。やっぱり写らないのね」

たしかにいたはずの死神さんの部分がぽっかりと空いたシールを手に取って、私はため息を吐いた。

どうやら写真には写らないようだ。モニターには映っていたからいけると思ったのに。

「……だから、言っただろう。僕と行ってもつまらないって」

その言葉がなぜか寂しげに聞こえて、私は手の中のシールをギュッと握りしめると鞄《かばん》の奥に押し込んだ。仕方ないとはいえ、これはちょっと悲しい。写らない死神さんを目の当たりにしたこともそうだけど「僕と行ってもつまらない」なんてことを死神さんに言わせてしまったことが、悲しくて胸の奥が痛くなる。

「ごめ……」

「ねえ」

「え？」

俯《うつむ》いたまま謝る私の頭上で、死神さんの声が聞こえた。その声に顔を上げると、死神さんは一台のゲーム機を指差していた。

「あれがどうしたの？」

「さっきもらってたチケットでできるみたい」

さっき、という言葉に、そういえば入り口で紙をもらったなと思い出して私はポケットを探った。その紙にはたしかに『クレーンゲームサービス券』と書かれていた。

「これが無料でできるってこと？」

「そうみたい。……ねえ、これ僕やってもいいかな」

「死神さんが？」

思わず聞き返すと、死神さんは慌てたように言う。

「いや、君がやるっていうのなら全然いいんだけど。ただ、もしやる予定がなかったのならって思って……」

「いいよ」

せっかく一緒に来たんだもん。死神さんにだって楽しんでもらいたい。

「これってどうすればいいの？」

「あ、えっとたぶん店員さんに言えばいいと思う」

「わかった！」

近くにいた店員さんに声をかけてチケットを見せると、店員さんは機械を操作してお金を入れていないのに一回分遊べるようにしてくれた。

「へー！　こんなことしてくれるんだね！」

「まあ、だいたいは一回じゃあ取れないようにしてあって、二回目、三回目とプレイしてもらうためだと思うけどね」

死神さんは店員さんが去ったあと、クレーンゲームの機械へと手を伸ばした。中には手のひらサイズのクマやウサギのぬいぐるみがついたキーホルダーが並んでいた。

「……どれが欲しい？」

「えー、うーんと、それじゃあ、カメ！」

「カメ？　ウサギとかじゃなくて？」

「カメがいい！」

首をかしげながらも、死神さんはレバーに手をかけた。

「あ、そうだ」

「え？」

死神さんは何かを思い出したかのように、私を手招きする。そして、私の手を掴《つか》むとレバーの上に置き、自分の手を重ねた。

「な、何⁉」

「君が操作しているようにしないと、周りからは勝手にレバーが動いているように見えるから」

「あ、そ、そっか」

死神さんが私の手を包み込むようにしてレバーを握りしめると、思ったよりも近い距離にドキドキしてしまう。こんなに近かったら私の心臓の音も聞こえてしまうんじゃないだろうか。ううん、それよりも、手のひらにかいた汗をどうしたら……。

「どうかした？」

「う、ううん！　大丈夫！」

こちらに顔を向けながら不思議そうに首をかしげ、それから死神さんは再びクレーンゲームのほうを向いた。

私は小さく息を吐き出すと、死神さんを追いかけるようにしてクレーンゲームのケースを見つめた。私が取ってほしいと言ったカメのぬいぐるみがついたキーホルダーは、クマやウサギのキーホルダーに押しつぶされるようにしてあった。

「それじゃあ、いくよ」

そう言うと、死神さんは器用にレバーを操作してアームをカメの方へと近づけていく。そして……。

「凄《すご》い！　取れた！」

取り出し口に手を伸ばした死神さんは、カメのぬいぐるみがついたキーホルダーを取り出すと私へと放り投げた。

「凄いね！」

「別に、たいしたことないよ」

素っ気なく言うけれど、私は取れた瞬間、死神さんが小さくガッツポーズをしていたのを見逃さなかった。

「ふふっ」

「何？」

「なーんでもなーい」

思わぬところで見えた死神さんの可愛い一面に、私は頬を緩ませたまま取ってもらったカメのぬいぐるみをギュッと抱きしめると、死神さんの手を引っ張った。

「ね、次！　次、行こう！」

「ちょ、ちょっと……」

「早くしないと全部行く前に夕方になっちゃう！」

「仕方ないな……」

死神さんは私の手をギュッと握り返す。

「走っちゃダメだよ」

「はーい」

困ったような口調で注意する死神さんに返事をしながら、私は握りしめた手を大きく振り回すと、ゲームセンターの外へと飛び出した。

周りの人がおかしな子を見るような目で見てくるけれど、気にしない。だって、私は今こうやって死神さんと出かけていることが楽しいのだから。それを、死神さんにもわかってほしいから——。

「あ、ソフトクリーム売ってる！」

「ホントだ。こんな季節に珍しいね」

「ね、分けっこしましょ！」

「それはいいけど……」

返事を聞き終わる前に、私は近くの公園にあったソフトクリーム屋さんへと向かって歩き出す。そしてバニラのソフトクリームを一つ買うと、死神さんと一緒にベンチに座った。

外で食べるソフトクリームは病院のおやつに出てくるアイスよりも冷たくて、そして美味《おい》しかった。

「はい、死神さんもどうぞ」

「……僕は」

「なんてね、食べられないって言うんでしょ？」

「どうして……」

「当たり？　死神さんの反応を見てそうかなぁって思ったの」

本当は一緒に食べられたらよかったんだけど、でもこうやって隣にいてくれるだけでも十分だ。

十分だったんだけど……。

「それ」

「え……？」

「食べさせてよ」

一瞬、言われたことの意味がわからず、首をかしげそうになる。そんな私に、死神さんは意地悪く、もう一度言った。

「君が、僕に食べさせてよ。そうしたら食べるよ」

「なっ……！」

「ほら、早く」

死神さんはフードをズラすと口を開けた。まさかそんなことを言われるとも、そしてするとも思っていなかった私はどうしたらいいか悩み、そして……そっとソフトクリームを差し出した。

「あ、あーん」

「え？」

「ほ、ほら。死神さんがあーんってしてって言ったんでしょう？」

「君ってば……」

死神さんがめくり上げたフードの裾《すそ》から頬が赤くなっているのが見える。でも、きっと今の私の頬も死神さんに負けないぐらい赤いと思う。

私をからかう死神さんをからかい返す、そのつもりだった。でも……。

「っ……」

「え……？」

「ごちそうさま」

突然の出来事に私が動けずにいると、死神さんはペロリと唇の端っこを舐《な》めて、それからフードを戻した。その仕草にドキドキしてしまうのはどうしてだろう。でも、そんな動揺に気づかれたくなくて、私は恨みがましく死神さんを見上げた。

「食べられないんじゃなかったの?」

「別に、そんなことは言ってないよ。僕ら死神には空腹という概念がないから食べる必要はないけど。でも、だからと言って食べられないわけじゃないよ」

「そ、そんなのズルい!」

恥ずかしさを誤魔化すように慌ててソフトクリームに口を付けると、冷たさが口の中いっぱいに広がっていく。その冷たさはまるで、死神さんの手のひらのようで心地いい。そして口の中はこんなにも冷たいのに、頬は、そして胸の奥は、どうしてこんなにも熱く感じるのだろうか。どうしてこんなにも、胸が苦しいのだろうか——。

一瞬、過去に感じた胸の痛みと重なるような気がして、私は慌てて首を振った。

違う。そんなわけない。私が好きなのは……。今もずっと、想っているのは……。

「どうかした?」

「なんでも、ない」

私は、戸惑いを気取られないように、手の中のソフトクリームを必死に頬張った。

なぜだかわからないけれど、ソフトクリームはさっきよりも甘くて、それでいてほんの少しだけほろ苦く感じた。

久しぶりのソフトクリームだというのに五分もかからず食べきってしまった私は、ゴミ箱を探すためあたりを見回した。どうやらゴミ箱は、ソフトクリーム屋さんのそばにしかないようだった。

「ごちそうさま！　これ、捨ててくるね！」

慌てて立ち上がった私の後ろから、死神さんの声が聞こえた。

「そんなに急ぐと転ぶよ」

「大丈夫だって……って、きゃっ！」

不安そうに言う死神さんを振り返りながら、心配ないよと手を振った私は、次の瞬間、足元の段差に気づかず――。

「っ……！」

「だから、言ったのに」

「え……？」

そのまま転んでしまう、そう思い目を閉じた私は、すぐそばで聞こえた、呆《あき》れたような声にそっと目を開けた。

「死神、さん……？」

「はしゃぐのもほどほどに。……じゃないと、すぐに病院に戻ることになるよ」

そう言って――転びそうになった私の腰にそっと手を添えて、私のことを支えてくれる死神さんの姿が、あった。

「びっくりした……」

「それはこっちのセリフだよ」

身体を起こした私から離れると、死神さんは首に手を当ててそっぽを向いた。

「助けてくれたの？」

「そんなところで転んだ挙句、打ちどころが悪くて死因を変えられちゃ困るからね」

ひねくれた言葉の向こうに、死神さんの優しさを感じる。

「ありがとう」

「別に」

そっけなく言うと、私の手の中からゴミを取り上げた。

「え？」

「危なっかしくて見てられないだけだよ」

そう言って私をベンチに座らせると、死神さんは私の代わりにゴミを捨てて、それからベンチに戻ってくると私に尋ねた。

「それで？　次はどこに行くんだい？」

「んー、ちょっと休憩。少し待っててくれる？」

「わかった」

死神さんをベンチに残して、私は少し離れた場所にあるお手洗いへと向かった。

「ふー……」

私は手洗い場の鏡の前に立つと、鏡に映る自分の顔を見つめた。いつもよりも口角が上がり頬にもほんのりと赤みが差している。

つい数時間前まで病院のベッドの上に寝ていたなんて嘘みたいだ。それぐらい、今の私は誰が見ても病人だなんて思えないような顔をしていた。

「このあとはどうしようかな」

ソフトクリームを食べたらなんだかお腹がすいてきた気がするから、クレープ屋さんでも探しに行こうかな？　それとも死神さんにどこに行きたいか聞いて、死神さんの行きたい場所に行ってみるのもいいなぁ。あ、でもそんなこと聞いたら「じゃあ病院に戻ろうか」なんて言われちゃうかな。

「ふふ、楽し……。……っ！」

想像したらおかしくてついつい笑いが漏れる。でも……そんな私にあなたは病人なのよと知らしめるように心臓がドクンッと大きな音を立てて鳴った。

「っ……くっ……」

まだ、だ。まだ大丈夫。もう少し、もう少しだけだから。こんなふうに外に出られることなんて、もう二度とないかもしれないんだから。だから、お願い。もう少しだけ私に時間をちょうだい……。

大きく息を吸って、意識をして身体の中に酸素を取り込む。ゆっくりと呼吸を落ち着かせて。興奮を抑える。本当は薬を飲むのが一番いいんだけど、あいにく鞄(かばん)の中には緊急用のタブレットしか入っていない。夕方まで誤魔化せるぐらいまで、どうにか落ち着いて……。

「大丈夫……大丈夫……」

少しずつではあるけれど、苦しさが治まってきた気がする。

吸い込んだ息をふーっと吐ききると、私はもう一度鏡を見た。そこには青白い顔をした、いつもの私がいた。

結局、この顔が私にはお似合いだということなのかもしれない。

「戻らなきゃ……」

お手洗いに行くと言って死神さんの下を離れてから結構な時間が過ぎた。心配しているかもしれない。

私は無理やりに口角をニッと上げると笑った顔のままお手洗いを出た。

「あれ……？」

ベンチで待っているはずの死神さんのところへ向かおうとした私は、視界に入った光景に違和感を覚えた。

お手洗いから少し離れた場所にあるベンチ、そこに死神さんは座っていた。でも、その前に誰かの姿があった。まるで死神さんが見えているかのように向かい合っている男の人の姿が。けれど、死神さんの姿は普通の人には見えない。いったいどういうことだろう……。

不思議に思いながらも、私は死神さんの待つベンチへと急いだ。

あと少しでたどりつく。そう思ったとき、死神さんが私に気づいたのか顔をこちらに向けた。つられるようにして死神さんの前に立つ男性も、私の方を向いた。

「あ……」

どうしたらいいのか……。悩んでいるうちに、その男の人は私の方に向かって歩き出した。

「え……？」

何かを言われるのかと思って、思わず身構えた。けれど、その人は私に構うことなく通り過ぎた。

ただ、一瞬——私の顔をチラリと見た気がしたけれど、気のせい、なのだろうか。

「今の……」

「え？」

「今の人どうしたの？」

その人が完全にいなくなったあとで、私は死神さんに尋ねた。なんて答えるんだろう……。私と同じように、死神さんが担当している人なのだろうか。それとももしかして、死神さんの——。

「さあ?」

「さあって……」

「座るところを探していたのか、突然やってきたんだよ」

「知り合い、じゃあなかったの?」

「知り合い? 僕と? なんで」

死神さんは首に手を当てると、おかしそうに笑う。その言い方があまりにも自然だったので、私は何も言えなくなってしまう。

「でも、ちょっと焦ったよ。僕の上に座られたらどうしようかって」

「上に、すわ……」

「なんちゃって」

そう言っておどけた死神さんは、いつもよりも明るくて、楽しそうで、それがなぜか引っかかった。

「どうしたの?」

「え……あの、今日の死神さんなんかテンション高いなあって」

「そうかな?」

「うん、そうだよ」

今日、というよりもさっきから急に……。と、いう言葉は思わず呑《の》み込んだ。

でも、そんな私に死神さんは少し考えるようなそぶりを見せて、それから言った。

「もしかしたら、ほんの少しだけ僕も今日を楽しみにしていたのかもしれない」

「えっ？」

「君はデートをしたことがないと言ったけれど、僕も同じなんだ」

「それって……」

「僕にとっても、これが初めてのデートってこと」

その言葉に、私の心臓が高鳴った。死神さんにとってもこれが初デート……。どうしてだろう、たったそれだけのことがこんなにも嬉《うれ》しく感じるなんて。

……嬉しい？

「っ……」

思わず、心臓を押さえる。トクントクンと、小さく、でも確実に音を立てて鳴り響く心臓を。

どうして、私は死神さんが初デートだったら嬉しいと思ったんだろう。

どうして……。

「どうしたの？」

「っ……！　ちょっと待ってね！」

「う、うん」

急に黙り込んでしまった私を、死神さんは不思議そうに見つめる。

そんな死神さんをよそに、私はこの不可思議な感情の答えを考え始めた。

たしかに私は、死神さんにデートの経験がないと聞いて嬉しく思った。でも、どうして？

……よく少女漫画なんかで読んだのは、その人のことが好きだからその人の初めてになれて嬉しい、というパターン。

でも、これは違う。だって、私は別に死神さんに恋をしているわけじゃない。

じゃあ、どうして？

私は死神さんの姿をジッと見つめる。顔も見えない、不器用で優しい死神さんを。

……もしかしたら、私は、彼を……彼の姿を死神さんに重ねてる――？

「そんな、こと……」

ない、と否定したかった。でも、わからない、わからないけれど、どうしてだろう。死神さんを見ると、忘れていたかった彼への想いが胸の奥で呼び覚まされる気がするのは……。

似ている、のだろうか。姿かたちではなくて、どこかが彼と……。

「……って、そんなのわかんないよ！」

「な、何が？」

「なんでもない！」

死神さんは首をかしげながら私を見る。そんな死神さんを見て私は思わず笑った。深く考えるのはよそう。今目の前にいるのは死神さんで、私は死神さんとデートをしているのだから。こんなふうに誰かと――ましてや男の人と出かけることなんてなかったんだから、舞い上がったって仕方がない。

「ね、次はクレープ食べに行こうよ」

「え？　まだ食べるの？」

「ダメ？　じゃあねー……」

ましてや、こうやって笑い合って相談することさえなかったのだ。些細《ささい》なことが楽しかったって、嬉しかったって、別にいいじゃない。

「じゃあ、死神さんの行きたいところに連れていって」

「え、僕の？」

「そう！　デートなんだもん。一か所ぐらい、死神さんが行き先を決めてくれてもいいでしょう？」

「………」

なんて、無理を言っているのはわかっているけれど、ほんの少し悩んでくれるだけでも嬉しい。

きっと「僕には決められないよ」とか「じゃあ、病院に戻ろうか」とか言うんだよね。そう言われたらどこを提案しようかな。

「じゃあ……」

でも、そんな私の予想に反して、死神さんは何かを思いついたかのように口を開いた。


「うわー！　凄《すご》い眺め！」

「ちょっと、そんなに動くと揺れる……」

「何よー、死神さんが言ったんじゃない。これがいいって」

「そりゃあそうだけど、別にアトラクションじゃないんだから……」

私たちは地上三十メートルの場所にいた。

と、いっても別に危ないことをしているわけではない。ここは、近くのショッピングモールに併設された観覧車の中なのだ。

死神さんが、観覧車に乗ってみたいなんて言い出したときはビックリしたけど、でも……。

「観覧車なんていつぶりだろう」

「乗ったことあるの？」

「バカにしないでよね！　これは私が遊園地で乗れる数少ない乗り物なのよ」

「他には何があるの？」

胸を張って言う私に、死神さんは小首をかしげながら尋ねる。そんな死神さんに、私はポツリと呟《つぶや》いた。

「……メリーゴーラウンド」

「ふっ」

「あ、バカにしたでしょ！　しょうがないじゃん、心臓病患者は意外と制限が多いんだから！」

なんて、拗《す》ねるような口調で言ってしまったことに、恥ずかしくなる。そんなのは死神さんには関係ないことだし、だからどうしたと言われてしまえばそれまでだ。でも……。

「知ってるよ」

「え……？」

「君がいろんなことを我慢して、今まで頑張ってきたのを僕は知ってる。——あんなこと言ってたけど本当は、遊園地だって行ってみたかったんだろう？」

その言葉に、心臓がドクンと音を立てた。どうして、この人は、今まで誰も気づいてくれなかった私の本心に触れるんだろう。どうして、私の本音に気づいてくれるんだろう。他でもない、死神さん、あなたが……。

「それは、あなたが私の担当だから？　だから、わかるの？」

「……そうだよ」

絞り出すように言った私の言葉に、死神さんは首に手を当てて、そう言った。その仕草に、胸がざわつくのを感じる。

「ねえ、死神さん」

「なんだい」

「一つ聞いてもいい？」

「……答えられることなら」

死神さんは、私の方を見ない。

「あなたは、もしかして、私の知っている人だったりする……？」

「…………」

「ううん、ごめん。なんでもない。今のは忘れて」

そんなわけない、そんなことあるはずがない。

だって、彼は今頃元気になってきっとどこかで私なんか忘れて——。

「残念ながら、僕の知り合いに君みたいな子はいなかったな」

「え……？」

「死ぬ前も、死んでからも、ね」

死神さんの言葉に、ホッとする私がいた。聞いたのは自分なのに、否定されてホッとするなんて……。

「そっか……」

「そうだよ」

でも、じゃあ……。

私は死神さんの姿をこっそりと見つめる。首に触れていた手で、ズレかけたフードを直すと、死神さんは窓の外へと顔を向けた。

心臓がトクントクンと脈打つ音を聞きながら、私も夕日に染まった空を見つめた。

「もうすぐ日が暮れるね」

「そうだね」

「そろそろ帰らなきゃだね」

「……そうだね」

観覧車の窓から見る夕日は真っ赤で、綺麗《きれい》だけれどどこか気持ちをざわつかせた。そんな気持ちを押し込めるようにして死神さんの方を向いた。

「ありがとう。……今日ね、とっても楽しかった」

「本当に？　楽しめた？」

「うん。私、こんなふうに誰かと一緒に出かけてみたいってずっと思ってたの」

「そっか、ならよかった」

微笑んだ私に、死神さんは安心したような声を出した。

誰かと出かけてみたいってずっと思っていた。それが彼じゃないなら——誰だって変わらないって。だから死神さんにデートしたいなんて言って外に連れ出してもらった。でも……。

今の私はわかっている。誰でもよくなんてない。今日のデートがとっても楽しかったのはきっと——。

「でも、そんなに楽しかったなら、僕とじゃなければもっと楽しかっただろうね」

「え？」

死神さんの言葉に、私の中にあった楽しかった気持ちが一気に萎《しぼ》んでいくのを感じた。どうしてそんなことを言うのだろう。だって、私が楽しいと感じたのは……。

「ううん、あなたと一緒だったからだよ、死神さん」

「違う、それは気のせいだよ。ただ、誰かと出かけたかった。その相手が僕だったからそう思っただけだよ」

「そんなことわからないじゃない！　私が一緒の時間を過ごしたのは死神さんだもん。

死神さんとゲームセンターに行って、それからソフトクリームを食べて、観覧車にも乗って！　それは全部、死神さんとの思い出でしょ？　それを勝手に、他の人とでもよかったんだなんて言わないで！」

「ご、ごめん……」

私の剣幕に驚いたのか、死神さんは少し焦ったようにそう言った。

「っ……」

ぽたりぽたりと足元に小さな水たまりができて、私は自分が泣いていることに気づいた。

感情が高ぶって、涙が出るなんて、子どもみたい……。生理的に溢《あふ》れてきた涙を拭《ぬぐ》うと、私はそっぽを向いた。

「…………」

「…………」

――観覧車の中に沈黙が流れる。

ああ、ダメだな。感情的になってしまった。死神さんは仕事の一環でこうやって一緒にいてくれているだけなのに、私自身が楽しいと感じたことを壊された気がしてつい……。

小さな頃からずっとそうだった。みんなにとって私は可哀そうな子で。どんなに楽しいことを見つけても、嬉《うれ》しいことを伝えても、無理しなくていいのよと、強がらないでいいのよと否定され続けた。私自身の楽しいも嬉しいも、全部全部なかったことにされた気がして、その言葉を言われるたびに、満たされた気持ちが砕かれていくようだった。

でも、だからといってその感情を死神さんにぶつけるのは間違っている。彼は、その人たちとは違うのだから。でも、どうしてか死神さんには否定されたくなかった。私の、私が死神さんと過ごした時間を楽しいと嬉しいと思った気持ちを、否定されたくなかった。

「…………」

言いすぎてごめんなさい。そう言わなければいけないのはわかっていたけれど、どうしてもその一言が言えなかった。

そして、言えないまま観覧車は地上へと着いてドアが開いた。

「ありがとうございました」

係の人のその声に促されるようにして、私たちは観覧車から降りた。さっきまで真っ赤だった夕日も建物の向こうに沈み始めたようだ。時計を見ると夕食の時間まであと三十分足らず。そろそろタイムアップ、かな。

「帰ろっか」

「……そうだね」

「えっ？」

歩き始めようとした私の腕を引っ張ると、死神さんは私の身体を引き寄せた。

「な、何……？」

「黙ってて。舌を噛むよ」

「きゃっ！」

気がつくと私の身体は、死神さんに抱きかかえられるようにして宙を飛んでいた。

「まっ、えっ……お、落ちる！」

「ちゃんと掴《つか》まってるんだよ」

「っ……！」

ギュッと目を瞑《つぶ》ったまま必死に死神さんの首に両手を回すと、私は落とされないようにしがみついた。

「そんなに締めつけたら苦しいよ」

「ご、ごめんなさい！」

死神さんの声に恐る恐る腕の力を緩めて目を開けると……私は死神さんに抱かれて夕焼け空を飛んでいた。

「凄《すご》い……綺麗……」

こんなにも綺麗な夕焼けを見たのは、生まれて初めてかもしれない。

心臓が痛いぐらいにドキドキしているのがわかる。でも、このドキドキはきっと空を初めて飛んだからで、別に他意があるわけじゃない。そう、たとえばまるでお姫様抱っこのようなこの状況にドキドキしているとかそういうわけじゃあ……。

誰に言い訳をするでもなく一人ブツブツ言っていると、死神さんはあたりが一望できる大きな木の枝に降り立った。

「――機嫌は直った？」

「え……？」

「さっきは、ごめん」

「あ……。ううん、私の方こそ言いすぎたし」

「いや、僕が悪い。本当は仕事のつもりだったんだけど……。その、僕も今日は楽しくて。ついあんな子どもみたいなことを言ってしまった」

それは、どういう意味だろう……？

後ろを振り返るようにして死神さんを見上げる。顔なんてフードに覆われて見えないのに、夕日に照らされたせいでまるで頬が赤く染まっているかのように見えた。

「だから、その、別に僕とじゃなくても君はきっと楽しかったんだと思うと、少しだけ悔しかったというか……」

「死神さん？」

「なんでもない。ほら、早くしないと夕食に間に合わないよ。急ぐから摑まってて」

「なっ、きゃっ！」

ひょいっと木の枝から飛び降りると、死神さんはスピードを上げながら、病院へと向かって進み始めた。

せっかく死神さんの素の部分に触れられた気がしたのに、このまま帰ってしまうなんて……。私は何か話をしようと、必死に話題を探した。

「ね、ねえ死神さん！」

「なんだい？」

「そ、その……。そ、そうだ。空！　飛べたんだね！」

「え？」

私の言葉に、死神さんは不思議そうな声を上げる。

「こんなことできるなんて知らなかった！　凄いね！」

「君は、今まで僕がどうやって病室まで来ていると思ってたのさ」

「あっ……」

たしかに、そうだ。四階にある病室の窓からいつも入ってきているわけだから、空を飛べなきゃ来られるわけがない。そんな当たり前のことに気づかなかったなんて。

思わず黙り込んでしまった私に「でも」と死神さんは続けた。

「実は空を飛ぶの、怖いんだ」

「嘘……」

死神さんの声のトーンがあまりにも真面目で、私は吹き出してしまう。

「笑うなよ」

拗《す》ねたように言う死神さんは、まるで普通の人間のようで。おかしくなって私はもう一度笑った。

「ほら、笑ってないで。そろそろ着くよ」

その声に、視線を前に向けると見慣れた病院がすぐそこにあった。

病室に直接行くのかと思いきや、中に看護師さんがいたら困るから、と死神さんは屋上に着地した。

「ありがとう」

「どういたしまして。もう他に思い残すことは……いや、やり残したことはない？」

「ない！　今日はとっても楽しかった！」

最初は怖かったけれど、空を飛ぶのってとっても気持ちいい！　こんなに楽しいのが怖いだなんて、死神さんって変わってる。

ん？　でも、あれ？

「そういえば、さっき観覧車乗ってたじゃない。あれは大丈夫なの？」

高所恐怖症であれば、観覧車もダメなのでは？

ふと疑問に思ったことを尋ねてみると、頭を掻《か》きながら死神さんは言った。

「ああいう何かの中に入ってる分には大丈夫なんだけど、自分自身が飛んでいるあの感覚にはどうも慣れなくて……」

「そういうものなの？」

なんだかよくわからないけれど、その苦手なことを私のためにしてくれた、ということが嬉《うれ》しくて思わず頬が緩む。

そんな私に死神さんは「それじゃあ早く病室に戻るんだよ」なんてそっけなく言うと、夕焼け空の中へと消えていった。

死神さんの背中を見送り、私はこっそりとエレベーターを降りる。幸い、病室には誰もいなくて特に騒ぎにもなっていないようだったからなんとかバレずに戻ってくることができたようだ。

「ふう……」

いつも通りのパジャマに着替えると、私はベッドにもぐり込んだ。それと同時にドアをコンコンとノックする音が聞こえた。

「はーい」

「晩ご飯の時間よ」

牧田さんはそう言うと、ベッドの上に移動式の机を置いてそこに晩ご飯を並べてくれる。

「ありがとうございます」

身体を起こしてご飯を食べようとする私を、牧田さんがジッと見ているのに気づいた。

「あの……？」

「身体は大丈夫？」

「え……？」

「無茶するのもいいけど、何かあったときに困るのは真尋ちゃんなんだからね」

「ご、ごめんなさい」

どうやら、牧田さんにはしっかりとバレていたようだ。

懇々とお説教をしたあと、牧田さんは困ったように微笑みながら私に尋ねた。

「楽しかった？」

「楽しかった！　あのね、私あんなに楽しい世界があっただなんて知らなかった！」

「そっかぁ。それは、もう牧田さん怒れないや。――それじゃあ、食べ終わったぐらいにまた来るね」

牧田さんは優しく、でもどこか悲しげに微笑むと病室を出ていった。

一人になった私は、夕日が沈みきって真っ暗になった外を見た。

さっきまであちら側にいたのがまるで嘘のように、病室の中からは風の匂いも空気の冷たさも、何も感じることができなかった。それでも、いつもみたいに空虚な気持ちになることはなかった。それはきっと、あの暗闇の向こうに、さっきまで私がいたあの楽しい世界があることを知ったから。

そんなふうに思えるようになったのは、死神さんのおかげだ。

「ありがとう」

届かないお礼の言葉を呟《つぶや》くと、私は冷め始めた夕食に手を伸ばした。

3. それでも君のそばにいるよ

朝、外を見ると太陽の光が反射して世界がきらめいて見えた。

窓の外は昨日までと何も変わっていないはずなのに、不思議だ。

運ばれてきた朝食を食べて、少しドキドキしながら私は病室にいた。死神さんはどんな顔をしてここに来るだろう。昨日は、今まで見たことがないような死神さんを知ることができた気がする。

誰かのことを知りたいと思うだなんて、こんな気持ちになるのはいったいいつぶりだろう。

ほんの少しだけ、心臓のドキドキがうるさい。

息を大きく吸うと、ゆっくりと吐き出した。でも、昨日のことを思い出した私の頬はいつもよりも熱くて、どうしてか気持ちもふわふわしていた。

……なのに。

「来ない」

死神さんはお昼を過ぎても病室に来なかった。いつもなら、この時間には来ているはずなのに。どうしてだろう。

――もしかして。

「ねえ、死神さん」

誰もいないはずの病室に呼びかける。すると、窓のそばのカーテンが風もないのに、揺れた。

「そこにいるの？　死神さん」

「ああ、いるよ」

カーテンが翻ったかと思うと、死神さんは姿を現した。

「いつからそこにいたの？」

「ついさっきだよ」

「来たなら声をかけてくれたらいいのに」

「なにか考えごとをしているようだったから、声をかけるのを躊躇《ためら》っていたんだ」

いつも通り淡々と死神さんは言う。

いつも通り。そう、いつも通りなのだ。

昨日はあんなにも死神さんの素の部分に触れられた気がしたのに、今日はまるで昨日のことなんて夢か幻だったかのような態度で、死神さんは私のベッドの横に立つ。

まさか本当にあれは夢だったんじゃあ？

ううん、そんなわけない。だって――。

　私は、ベッドの横にある小さなテーブルへと視線を向けた。そこには、死神さんに取ってもらったあのカメのぬいぐるみのキーホルダーと、死神さんと二人で乗った、観覧車の半券があった。

「ねえ、死神さん」

「なんだい」

「昨日は楽しかったね」

「そうだね」

　ほら、やっぱり。

　けれど、どこか迷惑そうな口調の死神さんに、私は不安になる。いったいどうしてしまったというのだろうか。

「ねえ、死神さん」

「だから、なんだい」

「どうしたの？」

「何が？」

「だって、昨日は――」

　私の言葉に、死神さんは首を振って小さくため息を吐いた。

　そして、口を開いた私の言葉を遮るようにして死神さんは言った。

「体調はどうだい？」

「え？　あ、うん。大丈夫、だけど……」

「そうか、ならよかった。それじゃあ僕は今日はもう失礼するよ」

そう言うと、死神さんはあっという間に窓の向こうに姿を消した。

私はそんな死神さんの態度に、悲しい――というよりも、なんだか無性に腹が立ってきた。

だって、昨日はあんなに楽しそうに一緒にいたくせに、どうして今日になってあんな態度を取られなきゃいけないのだろう。そりゃあたしかに、私が振り回してしまった感は否めない。否めないけれど！

……別に、死神さんのことを好きだとかそんなことを言うつもりはない。でも、一緒に出かけたのが死神さんでよかったと思う程度には、私は死神さんと一緒で楽しかったのに……。

「頭、痛い」

どうして、なんて考えていてもそんなの私にわかるわけがない。

なぜか身体がとっても重くて眠くなってきた。昨日の疲れが出たのだろうか。

「少し休もうかな」

ベッドに横になると、私は目を瞑《つぶ》った。

「真尋ちゃん」

名前を呼ぶ声で目を覚ますと、いつの間にか日が暮れて夕食の時間になっていた。

「ご飯食べられる？」

牧田さんの問いかけに、私は身体を起こして頷《うなず》いた。

――けれど、結局半分ぐらいしか食べることができず、酷《ひど》く眠かったのでトレイを牧田さんが回収しに来る前に、私はもう一度横になった。


おかしい、と感じたのはその日の夜のことだった。

「っ……はぁ……はぁ……」

息苦しさに目を開けると、部屋の中は真っ暗だった。どうやらまだ夜中のようだ。

何時だろうとスマホに手を伸ばそうとしたけれど、どうしてか身体が動かない。

心臓もいつもよりもドクンドクンとうるさく鳴り響いている。

「な……んで……」

息苦しさが増すとともに、視界が霞《かす》み始めていた。

うっすらと見えたその先に、死神さんが立っているのに気づいた。

ああ、そういうことか。ついに、この日が来たのだ。

三十日以内だなんて言っていたのに、思ったよりも早かったな……。

もしかすると、だから死神さんはあのタイミングで「思い残すことがないか」なんて私に尋ねたのかもしれない。だって、死神さんは知っているのだもの。私が、いつ死ぬのかを。

「ついに、死ぬの、ね」

なんでもないふりをして言った言葉とは裏腹に、どうしてか手が震える。私はそれに気づかれないように手をギュッと握りしめると、ベッドのそばに立つ死神さんを見上げた。

けれど、死神さんは首を振るとナースコールに手をかけた。

「つれ、て……いって、くれるんじゃ、ない……の？」

そう言ったつもりだった。なのに、息苦しさのせいでヒューヒューと喉《のど》から出る音しか聞こえない。

けれど、死神さんには伝わったようでナースコールを持った手とは反対の手で、固く閉じた私の手をそっと包み込むように握りしめた。

その手はひんやりと冷たい。なのに、なぜだろう。こんなにも温かく感じるのは。

でも、そっか……。死ぬということは、こうやって死神さんと一緒に話をしたりすることもなくなってしまうのか。それは、少し寂しい気がする。

そんなことを、ボーッとした頭で考えていると、重ねられた手に力が入るのを感じた。

「君はまだ――」

私は薄れゆく意識の向こうで、そんな声を聞いた気がした。

気がつくと私は、病院の外にいた。桜が満開でお日様の光が眩《まぶ》しい。

「きゃははは」

小さな子どもが笑い合う声が聞こえた気がして、そちらへと視線を向けた。

あれは……。

桜の木の下で、今よりももっと幼い頃の私が楽しそうに笑っていた。

――ああ、これは夢だ。きっと懐かしい夢を見ているんだ。

「真尋」

「廉《れん》君！」

その名前に、心臓がドクンと音を立てて鳴るのを感じた。

廉君と呼ばれた少年は、桜の木の枝の上にいて、幼い私に手を振っていた。

懐かしい……。廉君――椎名《しいな》廉君は、私より二つ年上の、同じように入院している男の子だった。

廉君の病気がなんだったのかは知らないけれど、たまに部屋から出てこないときがあった。でも、それ以外は元気でこうやって二人で病室を抜け出して、病院の中庭や併設されている小さな公園で遊んだりしていた。

そういえば……。桜の木に登って、入院中なのに廉君が足の骨を折って、牧田さんや廉君の担当の看護師さんに、二人してこっぴどく叱られたこともあったっけ。

牧田さんたちに二人でごめんなさいをして、それから顔を見合わせて笑ったことを今でもはっきりと覚えている。

「真尋、もう熱は大丈夫なの？」

「うん。ビックリさせてゴメンね」

桜の木の下で、廉君がしょんぼりとした顔をしているのが見えた。ああ、そうか。これはあのときの――。

廉君と二人して遊び回ったあと、私は熱を出して生死の境をさまよったことがあった。と、いっても廉君のせいじゃない。私が一緒にいたくて無理をしたせいで体調を崩したのだ。

「僕の方こそ……。無理させちゃってごめんね」

でも廉君は自分のせいだと責任を感じて、私を外に連れ出すことをやめてしまった。だから、これは廉君と最後に外で会った日の出来事だった。

一緒に外で遊べないのが寂しくて、悲しくて、残念で、なんでなんでと泣く私を廉君はいつも困ったように見ていたっけ。けれど今思うと、それだけ廉君は自分のせいだと思い悩んでいたのかもしれない。

でも、そっか。これがあのあとの出来事を回想しているのだとしたら——。

「ねえ、真尋。こっち来て」

「どこいくのー？」

「おじさん、こんにちは」

「廉君か。こんにちは」

廉君が近くで桜の木の手入れをしていた病院の樹木を管理するおじさんに話しかけると、何かを手のひらに載せてもらったのが見えた。

「それ、なあに？」

「これはね、桜の苗木だよ」

「苗木？」

「桜の木の赤ちゃんみたいなものかな」

「そうなんだ！」

幼い私がキラキラと目を輝かせて苗木を見つめると、廉君は少しだけ恥ずかしそうに頬を掻《か》いてそれから私に言った。

「この桜の木を一緒に植えよう」

「植えるの？」

「そう。このサイズの苗木が花をつけるまでにだいたい五年ぐらいかかるんだって。だから、花が咲いたら一緒に見よう。ここで」

「でも……」

「でも？」

あのとき、廉君の優しさが辛《つら》かった。だって、あの頃の私は——。

「五年後に、私が生きているかどうかなんてわからないじゃない」

「っ……」

生死の境をさまよったときに、おぼろげな意識の向こうで慌てて駆けつけてきた他の部屋の看護師さんたちが、「もう少しもつかと思っていたのに」「思ったよりも早かった」「あと一年は大丈夫だって先生も言っていたのに」なんてことを話しているのが聞こえてきた。

その言葉が何を意味するかなんて、幼い私にもわかる。ああ、自分は大人になることなく死んでしまうんだ。そう思うと、廉君と約束するのが怖かったのだ。

「……大丈夫」

「なにが大丈夫なの？」

「絶対に大丈夫！」

「どうして？」

「もしも真尋が死んでしまいそうになったとしても、僕が真尋を死なせないでって神様にお願いするよ。真尋のことを連れていかないでって。だから、絶対に大丈夫！」

今思うと、廉君の言葉にはなんの力もなくて、そんなことを願ったからって死なないわけがない。でも、このときの私には、廉君の言葉が全てだった。

「絶対？」

「絶対！」

「…………」

まだ不安そうに顔を曇らせる幼い私の手をギュッと握りしめると、廉君は「大丈夫だよ」と言った。

「元気になって一緒に見よう」

「見られるかな？」

「見られるよ！　きっと大丈夫！」

「……じゃあ、約束だよ！　絶対だよ！」

「うん、約束」

廉君がそう言うと、本当にそうなるような気がしていた。

小指を絡ませて約束をすると、私と廉君はおじさんからスコップを借りて、二人で桜の苗木を植えた。

そのあと、廉君の言葉通り、私は悪化していた心臓がなんとか落ち着いて無事五年目を迎えることができた。でも、桜の木が花を咲かせることはなかった。

周りの桜よりも見るからに小さな木。蕾《つぼみ》もなく葉が生い茂るだけだった。

そして、花は未《いま》だ咲いていない。

次の春には、死神さんいわく私はこの世界にいない。だから、咲くところは結局見られないままだ。でも、もうそれでよかった。だって、一緒に見ようと約束した廉君は——五年後の春を待つこととなく、二年前に退院して、それっきり顔を見せることはなかったのだから。

退院の日に彼は「きっと会いに来るから」と言っていた。なのに、一度も来ることはなかった。それでもあの桜が咲く五年目の春にはきっと会いに来てくれると信じていた。だって、約束したのだから。

でも——結局、彼は来なかった。

もしかしたら年数を間違えているのかもしれない、と思ったこともあった。来年になればきっと廉君は来る。それで「約束って今年じゃなかったっけ？」なんて恥ずかしそうに頭を掻きながら言うんだ、と。そう信じていた。信じたかった。でも……今年も彼は来なかった。

きっと彼はあの約束を覚えていないに違いない。私一人であの桜が咲くところを見るぐらいなら――。

胸の奥がズキンと痛む。私は、何度も何度もふたをして忘れたふりをしていた胸の痛みがよみがえるのを感じた。


だんだんと廉君の声が遠くなっていく。ああ、この夢から醒《さ》めてしまうのか。

これでお別れなんだと思うとせっかく会えたのに話すことすらできなかったことを悔やむ。そして、気づいてしまう。自分の中で廉君とのことが過去になっていたわけではなくて、思い出して裏切られたような、置いていかれたような……。そんな気持ちになるのが辛くて苦しくて悲しくて、記憶の中にしまい込んでいただけだったんだと――。

「っ……ぁ……」

突然、身体が重さを増して、強烈な光に眼球を照らされたような、そんな感覚に襲われ、私は目を開けた。

身体中、たくさんのコードに繋《つな》がれていたけれど、自分自身の心臓の音がやけにうるさく頭の中に響いていた。

私、生きているの……？

視線を動かすと、先生や牧田さんが慌ただしく動き回っていた。そしてその奥に佇《たたず》む人の姿が見えた。あれは、もしかして――。

「っ……！」

一瞬、彼が――廉君が立っているのかと思った。そんなことあるはずがないのに。

「し……が、み……さ」

彼は私の視線に気づくと、ぷいっと顔を背けた。いつも通り目深にかぶったフードをさらに下へと引っ張りながら。

どうかしている、廉君と死神さんを見間違えるなんて。似ても似つかない。廉君はあんなにも優しくて温かくてそれで……。

でもね、死神さんにも優しいところがあるって、私、知ってる。知ってるよ……。

そんなことを思いながらも、だんだんと目を開けていることにも疲れてきて、私はもう一度目を閉じた。

「真尋ちゃーん？　聞こえてる？」

「ぁ……」

どれぐらいの時間が経ったのか。目を開けると、いつの間にか処置は終わっていたようで先生が病室を出ていくのが見えた。ベッドの上に置かれた処置に使われた道具を片づけていた牧田さんが上手《うま》く言葉が出ない私に話しかけてくれる。それでも喋《しゃべ》ろうと私が必死に口を動かすと、安心したように微笑んだ。

「もう大丈夫よ。真尋ちゃんがナースコールを押してくれたから、なんとか間に合ったの。あのとき押してくれてなかったら危なかったんだから。本当によかった……」

どうやら私は、あのとき死神さんが押したナースコールで駆けつけた先生や牧田さんによって生かされたようだった。

「また様子を見に来るわね」

ずり落ちた布団をかけ直しながらそう言うと、牧田さんは病室を出ていった。

残されたのはまだ満足に動けない私と、そっぽを向いたままの死神さんの二人。

しばらくして、声が出るようになると私は死神さんに尋ねた。

「どう、して？」

「ん？」

「どうして、あんなことしたの？」

私の魂を持っていくのが、死神さんのお仕事のはずなのに、どうして助けるような真似を？

そんな私の疑問に、死神さんはこちらを振り返ることなく答えた。

「君が死ぬのはまだ先だからだよ」

「だから、生かしたの？」

「そうだよ。きちんと決められた日に死んでくれないと困るんだ。迷惑をかけないでくれ」

死神さんは淡々と言う。でも、その言い方がちっとも迷惑そうじゃなくて、死にかけたあとだというのにどうしてか笑いが込み上げてくる。

「しょうがないなあ。じゃあもう少しだけお喋りにつき合ってね」

「仕事だからね」

そう言った死神さんのズレたフードの向こうで、口の端をほんの少しだけ上げて笑う姿が見えた。

「っ……」

今までフードに隠れていて、見ることのできなかった死神さんの笑顔。口元がほんのちょっと見えた、ただそれだけなのに——。なぜか心臓がドクンと音を立てるのを感じた。

翌日、数日間は病室から出ることを禁止された私の隣で、椅子に座った死神さんが尋ねた。

「そういえば、あんな状態になったっていうのに、君のご両親は病院に駆けつけないのかい？」

「あー、それね」

聞かれないから、知っているのかと思っていた。

私はもう数か月は会っていない両親のことを思い出す。そんな私に、死神さんは不思議そうに首をかしげた。

「変なこと言ったかな？」

「ううん、普通そう思うよね。あのね、私の両親、今海外に住んでるんだ」

「海外……？」

もうずいぶんと長い間、両親は日本と海外を行ったり来たりしていた。何度も入退院を繰り返し、家にいるよりも病院にいる期間の方が長いぐらいの子どもがいることは足枷《あしかせ》でしかなかったと思う。けれど、嫌な顔一つ見せず何度も何度もお見舞いに来てくれた両親には感謝しかない。

だから、一昨年《おととし》の春に「もうお見舞いに来なくても大丈夫だよ」と、私が言ったとき、両親は申し訳なさそうな顔をしていたけれど、でも内心ではきっとホッとしたはずだ。それぐらい、日本と海外の行き来は負担だったと思うから。

そして私も――少なくとも、これで罪悪感にかられることがなくなると、ほんの少しだけ気持ちが楽になった。

　そのあとすぐに、母は父について海外へと渡った。長期の出張が転勤に変わり、あちらでの生活がメインになったのだ。だから……。

「次に帰ってくるのは、たしか再来月かな」

「そう……」

　だから死神さんから三十日以内に死ぬと聞いたとき、帰国予定がない時期に日本に帰ってこさせるのは申し訳ないなという気持ちと、でもその瞬間には絶対に間に合わないからある程度仕事を片づけてから帰ってこられるんじゃないかなと少し安心したのを覚えている。

「帰ってはきてくれないの？」

　死神さんの問いかけに小さく首を振った。

　これ以上、迷惑をかけたくない。そんなこと望んでいない。

「それじゃあ、君は……」

「一人で死ぬことになるかな」

　でも、だからどうしたというのだ。

　今まで両親にたくさん迷惑をかけてきたんだ。最後ぐらい、誰にも迷惑をかけずに逝きたい。それが私にできる最後の親孝行じゃないか。

「僕なら、君の両親を呼び戻すことができるよ」

「ありがとう」

「それじゃあ……」

二つ目の願いごとを、そう言おうとした死神さんに私は首を振った。

「でもそれは、ルール違反でしょう？」

「っ……」

そんな願いはささやかじゃないし、帰りたいと思っていないであろう両親の気持ちを捻《ね》じ曲げることにすらなりかねない。

「大丈夫、一人は慣れているから」

いつだって、一人だった。だから大丈夫。寂しくなんて、ない。

自分自身に言い聞かせるように、私は笑みを浮かべる。そんな私をジッと見つめると、死神さんはポツリと言った。

「……じゃない」

「え？」

「一人じゃないよ」

死神さんはそう言うと、私の手を握りしめた。

「君が死ぬ瞬間、必ず僕がそばにいる」

「っ……」

「だから、一人なんかじゃない」

「そっか……。ありがとう」

死神さんの優しさが冷たい手のひらを通して伝わってくるようで、私はその手をそっと握り返した。


数日が経って、ようやく絶対安静が解除された。

ベッドから降りて伸びをすると、身体のあちこちからバキッという音が聞こえて少し笑った。

特に用はないけれど、せっかく病室の外に出てもよくなったのだ。飲み物でも買いに行こうかな。

私は、小銭入れを手に取ると病室を出た。

「あ、おねえちゃん！」

「望ちゃん」

パタパタと廊下を走る音が聞こえてきたと思うと、チェックの可愛らしいパジャマを着た望ちゃんが私の足にギュッと抱き着いた。

「おねえちゃん、もうだいじょうぶなの？」

「うん、もう大丈夫！　ほら、元気になったよ！」

「よかったぁー！」

望ちゃんはいつものように無邪気な笑顔を私に向けてくれる。その笑顔は、寂しさに呑《の》み込まれそうになる病棟で、唯一の癒しといえるかもしれない。

「あれ？　でも……」

数日前から微熱が続いていて、望ちゃんも私と同じように病室で絶対安静となっていると牧田さんからは聞いていたけれど、廊下を歩いているということは熱は下がったのだろうか？

「望ちゃんももう大丈夫なの？　お熱は下がった？」

「うん！　わたしもきょうからおそとにでていいっていわれたの」

「そっか、よかった」

「ふふっ。おにいさんにね、おねがいしたらすっかりげんきになっちゃった！」

「お兄さん？」

望ちゃんにお兄さんなんていたのだろうか？　望ちゃんがここに来て数か月経つけれどお母さんの姿しか見たことがない。まあ、中学生以下の子どもは立ち入り禁止だからそのせいかもしれないけれど。でも、自分自身の兄弟に対していうにはやけに他人行儀なような……。

「あっ、いっけない。これ、ないしょなんだった！」

不思議に思っている私をよそに、望ちゃんは失敗しちゃったとでもいうかのように口を小さな両手で押さえた。

「どうしたの？」

「えへへ、なんでもなあい」

そう言って笑うと手を振りながら望ちゃんは病室へと戻っていく。

「またねー！　おねえちゃん！」

「うん、またね……」

そんな望ちゃんの笑顔に――どうしてだろう、胸がざわついて仕方なかった。

4．咲かない桜の木の下で

あの日から、特に体調が悪くなることもなく、代わり映えのしない毎日を過ごしていた。死神さんが来ては話をしてまた帰っていく。平和といえば平和で、でも一つだけ。たしかな変化が私の中にあった。

「それで……」

死神さんが今日あった出来事を話してくれている。でも、私の意識は死神さんではなく外へと向けられていた。

ピンク色の絨毯《じゅうたん》のように一面が色づいた木々の中にある、一本だけまだ蕾《つぼみ》すらない木を見つめる。ひときわ小さなあの桜の木を。

『花が咲いたら一緒に見よう。ここで』

生死の境をさまよったあの日から、やけにあの約束の言葉が頭の中で鳴り響く。あんな約束、覚えていたって仕方がないのに……。

「ばっかみたい」

それでも、廉君とした約束が幼い私の支えだった。あの桜が咲いて廉君と再会することを願って苦い薬も飲んだし、痛い点滴だって我慢した。元気になってきっと廉君と二人で桜を見るんだ、と。……なんて、今となっては全て無駄だったのだけれど。

今年も桜は咲かなかった。そして、私はいつ咲くとも知れない桜の開花を待つことなく、死ぬのだから。

「僕のこと？」

「え？　何が？」

「今、ばっかかみたいって」

「あっ、ううん。そうじゃないの。そうじゃないんだけど……」

話をやめて私を見つめる死神さんに慌てて否定する。けれど、死神さんの後ろに見え隠れする桜の木が気になってしまう。あんな夢を見たせいか、桜の木を見ると胸がざわつく。

「…………」

「どうしたの？」

「え？」

「外に何かあるの？」

私の視線を追いかけるように死神さんは顔を向けて、そして尋ねた。

「桜？……ああ、あれか」

私の言葉がどの桜の木を指しているのか死神さんにもすぐにわかったらしく、視線は私と同じ木に向けられたようだった。

「あの小さな木かな」

数メートルはある木々が並ぶ中、大人の背丈程しかない、そして未だに花を咲かせていない木が一本だけあった。

「そう。あれね、私が植えたの」

「……へえ」

「………」

あまりにも興味なさそうな死神さんに、思わず口を噤《つぐ》む。けれど死神さんはそんな私に話を続けるように促した。

「それで？　あの木がどうかしたのかい？」

「あ、えっと……。昔——といっても六年ぐらい前の話なんだけど、私と同じようにここに長いこと入院していた男の子と二人で桜の苗木を植えたの。二人で元気になって、あの桜に花が咲いたらまたここで会おうって」

「そうなんだ。でも、あの桜、咲いてないみたいだけど」

桜を指差すと、死神さんは言う。そんなこと言われなくてもわかっている。五年も経てば咲くはずの桜は咲かなかった。そして——廉君も来なかった。

「そうなの。咲かなかったの。枯れちゃったのかな」

「そうなんだ。それは残念だったね」

「あーあ。桜が咲くところ見たかったなぁ」

思わず口をついて出た言葉。その言葉を取り消そうと、慌てて口を押さえようとして、やめた。

今までたくさんのことを諦《あきら》めてきた。学校に行くことも、家族と一緒に暮らすことも普通の生活を送ることも。ならせめて、それだけでも叶《かな》ってほしかった。叶わなかった願いだけれど、ぼやくぐらい許されてもいいんじゃないだろうか。今となってはもう叶うことのない無理な願いなわけだし。

でも、そんな私と咲かない桜の木を交互に見たあと、唐突に死神さんは言った。

「咲かせようか？」

「え？」

「桜の花、僕が咲かせようか？」

死神さんはまるで「今からジュースでも買ってこようか？」というぐらいの気安さで、事もなげにそう言ったのだ。だから、私は思わず尋ねてしまっていた。

「そんなことできるの？」

「まあ、やってやれないことはないかな」

「そうなんだ……。死神って凄《すご》いね」

些細《ささい》なことしか叶えられないと言っていたけれど、桜の木を咲かせることは些細なことなのだろうか。ああ、でも咲かない桜の木なんて、きっと周りの人にとってはたいした存在ではないのだろう。……私以外の人には。

「そんなことはないけど。じゃあ、二つ目のお願いはそれでいい？　あの桜の木を咲かせるってことで」

「ありがとう。……でも、それはしないで」

「どうして？　見たかったんでしょう？」

断る私に死神さんは食い下がる。そんなふうに言う死神さんは珍しくて、それでもその申し出を受けるわけにはいかなかった。

「そういうことじゃないの」

「どういうこと？」

「あの桜が咲くところを、彼と一緒に見たかったの。死神さんと一緒に見たって仕方がないじゃない」

「っ……でも！」

死神さんは一瞬、言葉に詰まったあとさらに食い下がった。

「でも、咲くところを見たいんだろう？」

本当に、いったいどうしてしまったのか……。今までこんなふうに私が言ったことに対して自分の意見を言うことなんてなかったのに。

「どうしちゃったの？　今日の死神さん、なんか変だよ」

「そんなことないさ。ただ、君が桜の花が咲くところを見たがっている。僕にはそれを叶える力がある。なら、叶えてあげたいって思っただけだよ」

「ありがとう」

死神さんの優しさが嬉《うれ》しかった。でも……。

「でもね、いいの。それにもしかしたら一生咲かない桜だったのかもしれないしね」

「一生？」

「そう、一生」

あのとき、二人で苗木をもらったときにおじさんは言っていたのだ。「上手《うま》く咲けばいいけどね」と。つまり、上手く咲かない桜もあるということだ。きっと、私たちが植えたあの桜は死んでいてこれから先も花が咲くことはないのだろう。まるで、大人になることなく死んでしまう私のように。だから……。

「だから、もういいの」

これで話はおしまい、とばかりに私はベッドを降りると、カーテンを閉めて再びベッドへと戻った。死神さんに背中を向けて頭まで布団をかぶる。

「わかった」

しばらくしてため息を吐く音が聞こえた。そして、次に私が振り向いたときにはもう、そこに死神さんの姿はなかった。

残された私は、廉君とそしてなぜか死神さんの姿を交互に思い浮かべながら眠りについた。


気がつくと、私はまた夢を見ていた。

廉君と過ごした日の夢を。

夢の中の廉君は、この間の夢よりも少し大きくなっていた。

「会えなくなるの、寂しい」

「僕も寂しいよ」

どうやら廉君の退院が決まった日のことのようだった。

そうだ、あの日の私はおめでたいことなのに廉君に置いていかれてしまうのが悲しくて泣いていたのだ。

そんな私に廉君は左手を首に当てて『また会いに来るから』と微笑んだ。

……ああ、なんだ。そっか、そういうことだったんだ。

どうして気づかなかったんだろう。廉君はもう私に会いに来る気なんてなかったのだ。だってあれは、首に手を当てるのは、廉君が嘘をつくときの、癖。

優しく微笑んで泣いている私を慰めながら、廉君はもうここに来ることはないとそう思っていたのだ。

なのに、今の今まで約束を信じていたなんて、なんて滑稽《こっけい》なんだろう。

「約束だよ」なんて言っている幼い私を冷めた目で見据えながらも、廉君が私を見つめる目がなぜか悲しそうで、私はそんな廉君から目が離せずにいた。


コンコンというドアをノックする音で目が覚めた。「はい」と短く返事をしながら、目の端に溜《た》まった涙を拭《ぬぐ》っていると、病室のドアが開いた。

「真尋」

「お、とうさん……？」

そこには、日本にいるはずのない父親の姿があった。

「ど、どうしたの!?」

「どうしたのってことはないだろう。真尋の容態が急変したって連絡を看護師さんからもらって、仕事の都合をつけて飛んできたんだ。遅くなってごめんな。大丈夫か？」

「そうなんだ……。うん、もう大丈夫。ありがとう、お父さん」

「そうか。なら、よかった」

お父さんはベッドの横にあった椅子に座るともう一度謝った。

「ただ慌てて来たから、土産も何もなくてごめんな」

でも、謝らなければいけないのは私の方だ。心配かけて、こうやって迷惑をかけたのに。なのに、嬉しいと思ってしまったことが罪悪感の塊となって私の心を押しつぶす。

「お土産なんてそんな……。お父さんが来てくれただけで嬉しい。ごめんね、でもありがとう」

「喜んでくれたなら、来た甲斐《かい》があったな。でも、ごめんな。急だったから休みがそんなに取れなくて、今日の夜のフライトでまた帰らなきゃならないんだ」

「今日の、夜……。無理させちゃったんだね」

迷惑をかけてしまったことに申し訳なく思っていると、お父さんのゴツゴツとした手が私の頭に触れた。

そのままわしゃわしゃと撫《な》でられて、ぐちゃぐちゃになった髪の毛を慌てて直そうとしながら「もう！」と言うと、お父さんは悲しそうに笑った。

「そんなこと言うな。父さんが真尋に会いたかったから来たんだ。それのどこに真尋が謝る必要があるんだ」

「お父さん……」

「娘のことを心配するのは父親として当然のことだろう」

そんな顔をさせてしまったことに、胸が痛む。ごめんね、お父さん。でも、もう生きている間には会えないとそう思っていたから。だから、迷惑かけたのに嬉しく思ってしまって本当にごめん。

「……母さんも」

「え？」

「母さんも来たがっていたんだけど、来られなくてな」

「そういえば、お父さん一人なんだね」

そうだ、こんなことは珍しい。帰国するときはいつもお母さんと一緒だし、そもそもお父さんが一人で病院に来ることなんて今までほとんどなかった。お父さん一人でなんて、もしかしてお母さんに何かあったんだろうか。帰ってくることができないような何かが……。

「そうなんだ、今ちょっと飛行機に乗れなくてな」

「えっ、何かあったの？　病気？　それとも怪我？　私のことなんかよりお母さんについていてあげて……！」

「大丈夫、そういうんじゃないんだ。ただちょっと用心のためで」

「だから、何があったの？」

思わず声を荒らげた私に、お父さんは優しく微笑んだ。

「真尋、お前はお姉ちゃんになるんだ」

「おねえ、ちゃん……？　それって……」

「ああ、秋が終わる頃にはお前の妹か弟が生まれるよ」

「っ……」

私に、妹か弟が……。

じんわりと胸が熱くなる。本当はずっと弟妹《きょうだい》が欲しかった。病院で年下の子と接するたびに私にも妹か弟がいたらなぁとずっと思っていた。でも、私の病気のことでいっぱい、いっぱい迷惑をかけている両親にはそんなワガママは言えなかった。弟妹がいたら、両親の負担が倍以上になることは、他の入院している子たちに付き添う親の姿を見てよくわかっていたから。

でも……。

「嬉しそうだな。真尋」

「え……？」

「ずっと弟妹欲しがっていたもんな」

だからこそ、お父さんの言葉は私を驚かせた。

だって、そんなこと私今まで一度も言ったことなかったのに……。

「ホントはな、真尋が弟妹を欲しがっていること、父さんも母さんもずっと前から気づいてたんだ」

「どうして……」

「どうしてって、そりゃあ親だからな」

もう一度お父さんは私の頭を撫でて、それから申し訳なさそうな顔で「でもな」と続けた。

「わかってはいたんだが、仕事もあっちに行ったりこっちに戻ってきたりと落ち着かなかったし。それに、真尋が入院となったときに下に弟妹がいたらすぐに動けないだろう？　けど、ようやく来年からこっちの支店に戻れることになったんだ」

「それって……」

私の言葉に、お父さんがニッと笑って、それから私の頭を撫でた。

「ああ。真尋が退院したら、母さんと父さんとそれから生まれてくる妹か弟と一緒に日本で暮らせるよ」

「ホントに……!?」

「ああ、ホントだ。今まで寂しい思いをさせて悪かったな」

家族、みんなで暮らせる……？　それも、生まれてくる妹か弟も一緒に？

嬉《うれ》しい。すっごく嬉しい。生まれたらいっぱいお世話して、妹だったら可愛い服を選んであげるんだ。弟だったら一緒に、ヒーローごっこをして……。

そこまで考えて、私はそんな未来が来ることはないことを思い出した。だって、その子が生まれる頃、私はもうこの世にいないのだから……。

「真尋？」

「え？」

「どうかしたか？　もしかして、しんどくなったのか？」

「あ、ううん。違うの、そうじゃなくて……」

笑え。ちゃんとにっこりと笑うんだ。

そうじゃないと、お父さんが心配する。

「すっごく、楽しみだなって思ったらドキドキして、ちょっと苦しくなっちゃった」

「バカだな」

お父さんはくしゃっと顔を歪《ゆが》ませて笑う。

「少し休んでなさい」

そう言って、私を無理やりベッドに寝かせると肩まで布団をかけてくれた。

「父さん、牧田さんたちに挨拶《あいさつ》してくるから少し寝ているといいよ」

「うん、わかった」

素直に返事をした私に安心した様子でお父さんは病室から出ていった。

「私が、お姉ちゃん……」

こんなこと思っても仕方がない。望んでも仕方がないのに。でも、それでも……。

「会いたいな。私の、弟か妹……」

叶《かな》うことのない願いを呟《つぶや》くと、布団に吸い込まれるように、目尻《めじり》から涙が零《こぼ》れ落ちた。


「それじゃあ、帰るな」

お父さんが言ったのは、日が沈み始めた頃だった。一緒にいられたのはたったの数時間だけだったけれど、久しぶりに会えて本当に嬉しかった。

「来てくれてありがとう」

「次に来るときは、お土産をたくさん持って帰ってくるからな」

「……うん」

「じゃあ、またな」

私は上手《うま》く笑えているだろうか。心配をかけないように、ちゃんといつも通りに。

でも、そんな私の心配をよそにお父さんは私の頭を優しくポンポンとして、そして病室を出ていった。

残された私は、涙が溢《あふ》れそうになるのを必死でこらえながらもう一度ベッドにもぐり込んだ。

「……ねえ」

そんな私を、誰かが呼ぶ。

ううん、誰かなんて知っている。だって、ノックもせずにこの部屋に入ってくる人なんて一人しかいない。

「何」

「今、少しいいかな」

「っ……明日《あした》じゃ、ダメ？」

「……少しでいいんだ」

その声に、布団から顔を出す。

するとそこには、夕焼けに照らされた死神さんの姿があった。

「何か……」

「ちょっと一緒に来てほしい」

「でも、もう夕食の時間だし……」

それに、今は誰かと一緒にいたくない。

こんな気持ちのままで一緒にいたら、言っちゃいけないことを言って絶対に困らせてしまう。

「すぐ終わるから」

けれど、死神さんはそう言って私の手を取った。

「――こっちだよ」

強引に手を引かれ、私は死神さんと病院の外に出た。

最近、死神さんはおかしい。以前よりも強引だし自分の意見を言うようになった気がする。どういう心境の変化なんだろう。それとも、もしかしてこれは少し素の部分を見せてもらえるようになったということだろうか。そういうことなら、強引に引かれた手の痛さも許してしまえる気がする。

「ここって……」

けれど、そんな私の思いも、死神さんに引っ張られるようにして訪れた場所にある一本の木を見た瞬間吹き飛んだ。周りにある桜と違い、花もなく葉が生い茂るだけの小さな木。これは、この木は――。

「これだよね、君が言っていた桜の木って」

わかっている答えをわざわざ確認するかのように、死神さんは言った。

その木は六年前、私が廉君と植えたあの桜の木だった。

「っ……。あの話は、断ったはずだよね」

「ああ」

「じゃあ、どうして?」

繋《つな》がれたままだった手を振りほどこうとした。けれど、そんな私の手をギュッと握りしめると、死神さんは自分の手と重ねるようにして桜の木の幹に当てた。

「何を……」

「シッ」

死神さんに言われるままに口を噤《つぐ》む。すると——私の手に、不思議な音を感じた。トクントクンと、それはまるで心臓の鼓動のように、弱々しくて今にも止まりそうだけれどたしかに脈打っているのがわかった。

「これって……」

「この木にはもうほとんど生命力が残っていない。——簡単に言うと、枯れかけているんだ」

「そっか……」

手を離した死神さんを見上げるけれど、フード越しでは表情はわからない。

私はもう一度、桜の木の幹に手を当てた。けれど、私一人では木の鼓動を感じることはできない。それとも……枯れかけていると言っていた死神さんの言葉通り、あの鼓動は止まってしまったのだろうか。枯れてしまった木が花をつけることはないだろう。それはつまり――。

「っ……」

約束の花が咲くことはない。その事実に言葉を失っていると、後ろからそんな私を抱きしめるようにして、死神さんが私の手に自分の手のひらを重ねた。

ビックリして手を離しそうになったけれど、ギュッと押し付けられるようにして桜の木の幹に手を当てた。

「あ……」

すると、もう一度今度は力強くドクンドクンと脈打つような鼓動を感じた。先ほどよりもずっとずっと力強く。

「これだけ元気に脈打っていれば、次の春にはきっと花が咲くよ」

耳元で、死神さんが優しい声でそう言った。

「――病室まで送るよ」

「なんで……？」

歩き出した死神さんを追いかけた私は、思わずそう尋ねていた。死神さんはどうしてあんなことをしてくれたんだろう。最初に感じたあの弱々しくて今にも止まってしまいそうな鼓動が桜の木のものなのだとしたら、次に感じた力強くて生命力に溢れているかのようなあの鼓動。あれはいったいなんだったのだろう。

だって、あれじゃあまるで、死神さんが桜の木を生き返らせてくれたみたいじゃない。

「心残りは少ない方がいいだろう?」

そんな私の疑問に死神さんはそっけなく言ってそっぽを向いた。

「桜の花を咲かせたわけじゃないからね」

死神さんの想いに、胸の奥が温かくなるのを感じる。あんなふうに会話を終えてしまったのは私なのに、桜の木に未練たらたらな私のために死神さんは……。

「ありが、とう」

「別に。これも仕事だからね」

わざとらしく冷たい口調で死神さんは言う。でも、彼の不器用な優しさが伝わってきて口元が緩む。

「何、笑ってんの」

そんな私に、死神さんは肩をすくめながら言う。けれど、その口調があまりにも優しくてもう一度笑ってしまった。

「……話、聞いてくれる?」

病室に着いて、日の落ちた外を見つめる死神さんに私は話しかけた。どうしても、聞いてほしかった。廉君の話を……。

「桜を一緒に植えた子ね」

「ん？」

「初恋の男の子だったんだ」

「ふーん」

死神さんの隣に並んで、暗闇に紛れ込んでもうほとんど形がわからない桜の木へと視線を向ける。

けれど、死神さんは私の話には興味がないようで気の抜けた相槌《あいづち》を打つだけだった。

でも、それでよかった。

「ねえ、死神さん」

死神さんのおかげで、私が死んだあとにあの桜の木は花を咲かせる。

「私は見ることができないけれど……いつの日か彼が、あの桜の木に花が咲いているのを、私の分まで見てくれるよね」

本当はそのときまで生きていたい。そして彼と——廉君と一緒に並んで桜を見たい。

でも……。

「そうだね」

死神さんは首に手を当ててるとそう言った。

「っ……」

その姿が、廉君と重なって思わず息を呑《の》んだ。

「な、何？」

「え……？」

「手」

「あ……」

気がつくと、私は死神さんの腕を摑《つか》んでいた。

「あ、あの……」

誤魔化すように笑うと、私は恐る恐る死神さんに尋ねた。

「それ、癖？」

「え？」

「首に、手を当てるの」

「あー……。そうかな。癖かもしれないね」

自分自身がそうしているのに気づいていなかったようで、首から離した手をグーパーさせながら死神さんは何かを思い出したかのように呟《つぶや》いた。

「上司が……」

「え？」

「上司がことあるごとに、背後から首を殴ってきて」

「えええ⁉」

あまりに衝撃的な言葉に、私は素っ頓狂《とんきょう》な声を上げて、慌てて口を押さえた。そんな私に、死神さんは淡々と話を続ける。

「死なないのをいいことに、会うたびに……。それで別に痛くもないんだけど、殴られるたびにさすっていたから、いつの間にか癖になったのかも」

「何、それ」

笑っていいのか上司の横暴さに怒ってあげたらいいのかわからないけれど、死神さんが淡々と話すからとんでもない話もどこか笑い話のように聞こえてしまう。

でも、そっか。癖、なんだ。

あんな夢を見たからだろうか。それとも桜の木に触れたせいだろうか。

そんな仕草にさえ、廉君を思い出してしまう。

どうしてしまったというのだろう。

隣にいるのは死神さんのはずなのに、姿も形も全く違うのに。こんなにも胸が苦しいなんて。

「大丈夫？」

「うん……」

「無理させちゃったね。僕はもう消えるからゆっくり休んで」

「あっ……」

そう言うと、死神さんは窓の向こうに姿を消した。

私は空に溶けるようにして姿を消した死神さんを捜すかのように、ずっと窓の外を見つめていた。

そして、そんな死神さんと入れ違いに牧田さんが病室へとやってきた。

「晩ご飯の時間よ」

「あ、はい」

「お父さん、来てくれてよかったね」

牧田さんは、ベッドの上に出した机の上に晩ご飯を並べてくれながら嬉《うれ》しそうに言った。

あ、そうだ。そのことでお礼を言わなきゃって思ってたんだ。

「牧田さん、ありがとうございました」

「え？　どうしたの？」

「父に、連絡してくれたんですよね？　おかげで、久しぶりに父と会うことができました」

「ん？　ちょっと待って、なんの話？」

「え……？」

私の言葉に、牧田さんは不思議そうに首をかしげた。いったいどういうことだろう。

この反応は、本当になんの話かわかっていないようだ。

けれど、看護師さんから連絡をもらったとお父さんは言っていた。他の看護師さんがかけてくれたのかとも一瞬思ったけれど、それにしても牧田さんが知らないということは考えにくい。なら……。

「あ……」

「え？」

「い、いいえ。なんでもないです。忘れてください」

私は、一つの可能性に思い当たった。もしかしたら……。ううん、きっとそうだ。

「……そう？　じゃあ、また食べ終わった頃に来るね」

それ以上は深く追求することなく、牧田さんは部屋を出ていった。

一人きりになった部屋で、私は彼の名前を呼んだ。

「死神さん……」

きっと、あなたがお父さんを呼んでくれたんだよね？　願い事では叶《かな》えられないはずなのに。

私が、本当は両親に会いたいって思っていることに気づいて――。

トクントクンと心臓が脈打つ音が聞こえる。普段よりも少し速いその鼓動が、どこか心地よくて、私は心臓に手を当てるとそっと目を閉じた。

翌日、私は誰もいない病室で一人外を眺めていた。今日はまだ、死神さんは来ていない。いつ来るんだろう。早く来ないかな……。死神さん……。

「っ……」

ドクンと脈打つ胸に苦しさを覚えて、私は胸を押さえた。

「っ……はぁ……」

何度か深呼吸を繰り返して、ようやく心臓の鼓動が落ち着きを取り戻した。

死神さんのことを考えると、心臓がドクンドクンと高鳴るのを感じる。それは、あの頃、廉君に感じていた想いに似ている気がする……。

そんな私の胸の中に、一つの疑問が湧いていた。

はじめは小さな類似点だった。でも、死神さんを知れば知るほど——彼の存在が廉君と重なる。

「そんなわけない」

何度も何度も、心の中に浮き上がってきては否定してきた疑惑。

もしかして――死神さんは、廉君なのではないか。

そんなことあるわけない。廉君はあの日退院した。そして今頃、私のことなんて忘れてどこかで元気に暮らしている。それに死神になったってことは、廉君が死んじゃってるってことで……。そんなわけ……。

でも、それだったら、約束の年に来られなかったことにも説明がつく。約束を忘れていたわけじゃなくて、廉君も本当は行きたいと思ってくれていたのに、来ることができなかったのだと……。そんな都合のいいことを考えてしまう。

「絶対に違う！」と「もしかして……」を何度も何度も繰り返して、このドキドキすらも死神さんと廉君を混同しているからなのでは――なんてことまで思ってしまう。

「……はあ」

こんなこと、死神さんにも聞けないし、いったいどうしたら……。

一人、ベッドの上で悩んでいると、コンコンというノックの音が聞こえた。

「はーい」

「真尋ちゃん、おはよう」

「牧田さん、おはようございます」

ニコニコとした笑顔で現れたのは牧田さんだった。手早く私の血圧を測ると、朝の検温を確認する。

「今日も変わりないかな？」

「あ、はい……」

「ん？　どうしたの？　何かあった？」

歯切れの悪い私に、牧田さんはどうかしたのかと、ベッドの下から椅子を引き出して隣に座った。

「何かあるなら、牧田さんにいつでも相談してね。解決できることとできないことがあると思うけど、真尋ちゃんがここで快適に過ごせるようにするのも、牧田さんの仕事だからね」

「ありがとうございます」

こんなふうに、牧田さんは私が小さい頃から、親身になってくれた。廉君が退院して一人ぼっちになって泣いてしまったときだって、ずっとそばにいてくれて……。

「あ……！」

どうして、気づかなかったんだろう。牧田さんなら……！

「あ、あのっ！」

「なに、なに？」

「椎名廉君って、覚えてますか？」

「──廉、君」

牧田さんの表情が、変わった気がした。

「牧田さん？」

「…………」

黙り込んでしまう牧田さんに、私はこれは聞いてはいけないことだったのだと察してしまう。

ああ、やっぱり廉君は亡くなっていて、それで死神さんが……。

「廉君！　懐かしい名前ね！」

「え……？」

牧田さんの表情がパッと明るくなったかと思うと、嬉しそうに話し始めた。

「久しぶりすぎて思い出すのに時間がかかっちゃった！　真尋ちゃんが仲のよかった男の子よね。廉君って」

「あ、はい」

「懐かしいわー。で、その廉君がどうしたの？」

不思議そうに首をかしげる牧田さんに、なんと言っていいのかわからなくなってしまう。この反応じゃあ、廉君が亡くなったことを知らない？　ううん、それとも廉君が亡くなってしまったということ自体が私の勘違いなのかも？　ううん、でも……。

「牧田さんって廉君が今どうしてるか、知ってますか?」

「んー? 私は知らないなぁ。もしかしたら当時の担当看護師なら何か聞いてるかもしれないけど……。聞いておこうか?」

「あ、はい。お願いしてもいいですか?」

私の答えが意外だったのか、牧田さんは少し驚いたような表情をしていた。今まで、誰かの迷惑になるようなことを望んだことはなかった。私が何かを望めば、誰かが困ることになる。そう思っていたから。

「わかった。……真尋ちゃん、なんかちょっと変わったね」

「そう、ですか?」

「うん。なんていうかな……。前よりも、ずっと生き生きしている」

死ぬ直前になって、生き生きしているとはなんて皮肉なんだろう。でも、たしかにそうかもしれない。死神さんと初めて会った頃は、すぐにでも魂を持っていってほしいと、別に未練なんてなんにもないと、そう思っていたけれど。生きているからこそ、できることはまだまだあったのかもしれない。でも、もう残された時間はそんなにないから。だから……。

「じゃあ、わかったらまた伝えるね」

「ありがとうございます」

牧田さんは立ち上がると、病室から出ていこうとする。でも、私は牧田さんの言葉が楔《くさび》のように胸に突き刺さっていた。

また……。

牧田さんの言う、またの先に私は生きていられるのだろうか。もしかしたら、明日《あした》かもしれない。でも、一週間後。ううん、もっともっとあとになることだってある。

そうなったら、私はこのモヤモヤを抱えたまま死ぬことになる。そんなの……。

「牧田さん！」

「え？」

「あの！　できるだけ、早く聞いてもらってもいいですか⁉」

「ど、どうしたの……？」

私の勢いに押されたのか、牧田さんは驚いたように振り返った。そんな牧田さんに、なんと言えばいいかわからない。だって、牧田さんは私がもうすぐ死んでしまうことを知らないのだから。

「それは……っ」

思わず黙り込んでしまった私に、牧田さんは優しく言った。

「んー、なんかわかんないけど、わかった！　今から聞いてくるね」

「いいんですか？」

「真尋ちゃんにそんな顔されちゃあ、牧田さんとしては頑張らないわけにいかないじゃない」

牧田さんはニッコリと笑って、それから病室を出ていった。牧田さんの背中が見えなくなって、私はベッドに倒れ込むようにして寝転んだ。

あとは、誰かが廉君の行方を知ってくれていたらいいけれど……。でも、そんなに上手《うま》くいくだろうか。だって、廉君が退院して、もうずいぶんと経つ。そんなに簡単にわかるわけがない。

私はベッドに寝転んだまま、窓の向こうに見える桜の木を見つめていた。

「真尋ちゃん！」

「え、牧田さん？」

数分後、バタバタバタと廊下を走る音が聞こえたかと思うと、飛び込むようにして牧田さんが病室へと戻ってきた。病院の廊下を走るなんてあとで怒られなければいいけれど……。って、それよりも。

「ど、どうしたんですか？　そんなに慌てて……」

「廉君のことなんだけどね！」

「え……？」

頬を紅潮させた牧田さんが、普段は出さないようなハイテンションな口調で話し始めた。

「当時の担当看護師に聞いてみたの！　そうしたら、つい先日、定期検診でアメリカの病院で検査を受けたところだって言うのよ！」

「ホント、ですか？　アメリカって……廉君、アメリカにいるんですか？」

「ええ、そうよ！　こんなにすぐにわかるなんて思ってなかったからビックリしちゃって。すぐに真尋ちゃんに知らせてあげなきゃって走ってきちゃった」

牧田さんは嬉《うれ》しそうに言うけれど、私は定期検診という言葉が引っかかった。まだ何かあって検診を受けているのだろうか。もしかして、また……。

「あ、あの！　定期検診の結果は……？」

「再発もなくて、元気いっぱいだって！」

「よかっ……たぁ……」

私は身体を起こしベッドの上に座ると、ホッと息を吐いた。廉君は、元気なんだ。アメリカにいるって言ってたから、だから約束の年に来られなかったのかな。もし、ほんの少しでも、行きたかったって思ってくれていたらいいな……。

「真尋ちゃん……」

「あっ、ごめんなさい、ホッとしたら……」

いつの間にか頬を伝っていた涙を慌てて拭《ぬぐ》うと、私は笑みを浮かべた。そんな私に、牧田さんは優しく微笑んだ。

「廉君のこと、ずっと覚えてたのね」

「っ……はい」

「そっか」

一瞬、牧田さんが辛《つら》そうな表情を見せた気がした。もしかしたら、病院に残された私が廉君を想っていたということを不憫《ふびん》がられているのかもしれない。

「でも！　元気そうで安心しました」

「そうね！　それじゃあ、牧田さん仕事に戻るわね」

「あ、はい。ありがとうございました！」

病室から出ていく牧田さんにお礼を言うと、私は牧田さんから聞いた話を思い出していた。

廉君は生きている。アメリカで。元気に。

その事実が嬉しくて……それから、ほんの少しだけ、寂しい。

「そっか、違ったんだ」

死神さんは、廉君じゃない。廉君じゃ、ないんだ……。

「っ……」

どうしてだろう。こんなにも、胸の奥にぽっかりと穴が開いたような気持ちになるのは。

もしかしたら、私は心のどこかで、死神さんが廉君だったらいいのにって思っていたのかもしれない。幼い頃の淡い恋心をいつの間にか上書きするようにして惹《ひ》かれている、この気持ちへの罪悪感から逃れるために……。

「違う」

そんなんじゃない。私は……。

「何が違うんだい？」

「っ……死神さん！」

突然、聞こえてきたその声に慌てて振り向くと、そこにはいつの間に現れたのか、窓にもたれかかるようにして立つ死神さんの姿があった。

「ど、どうしたんだい？」

「別に！」

死神さんのことを考えていたときにタイミングよく死神さんが現れたせいで、私の心臓は普段の倍ぐらいの速さで脈打っていた。そんな私を死神さんは不思議そうに見つめる。

「何かあったの？」

「何も、ないけど……」

そうだ、何もない。何もないからこそ、ずっと廉君のことが胸の奥に残ったままになっているのかもしれない。

「死神さん」

私は、覚悟を決めた。

「二つ目のお願い、決めた」

「えっ？」

死神さんは、突然の私の言葉に、驚いたようにそう言った。

――もう、この気持ちから逃げるのはやめよう。いつまでも、逃げ続けたって仕方がない。

そのために、過去の恋にけじめをつけるんだ。

「遠くにいる人に……会うことはできないよね？」

「そうだね、君が元気であれば連れていくことはできるかもしれないけれど、今の君を長時間連れ出すのは……」

「だよね。だったら、遠くにいる人の様子を映像か何かで見ることはできない？」

「どういう……？」

私の言葉の意味がわからない、とばかりに死神さんは首をかしげた。

「前に、廉君の話したよね」

「あぁ」

「彼がね、今アメリカにいるんだって」

「え……？」

死神さんが驚いたような声を出す。そんな死神さんに、私は小さく笑った。

「ビックリでしょ？　今日、看護師さんに聞いたら教えてくれたの。アメリカで元気にしているって。……もしかしたら、約束も破りたくて破ったんじゃなくて、来ることができなかっただけなのかもしれない」

「そう」

「だからね、私、死ぬ前に一度でいいから今の廉君の姿が見たいの。実際に会いたいなんて言わない。なんでもいいから、廉君が今、元気でいる姿が見えたら――安心して、死ねると思うんだ」

本当の理由は、言えない。でも、全てが嘘ではない。そんな私の言葉を、死神さんがどう受け取ったかはわからないけれど、しばらく考えるようにしたあとでポツリと言った。

「わかった」

「いいの⁉」

「ああ。相手に干渉するわけでもない。姿を見たいだけ。なんて、ささやかな願いごと、叶《かな》えないわけにいかないじゃないか」

　死神さんは嬉しそうな声を出す。その態度に違和感を覚えた。どうして、そんな声を出すの？　死神さん。

「……それじゃあ、いくよ」

　病室に置いてあったテレビに死神さんは手をかざすと、ジジッ——という音がして、突然モニターがついた。

「っ……」

　そこには、大きな家の庭を走り回る一人の男の子の姿があった。最後に会ったときよりもずいぶんと身長が伸びていたけれど、すぐにわかった。あれは——。

「廉……君」

　廉君の後ろに見える家のドアが開いて、廉君のおじさんとおばさん、それに大きな犬が飛び出してくる。みんな元気そうだ。飼いたいと言っていた犬も飼うことができたんだ。あんなに元気そうに走って……。

「よかった……」

　牧田さんの話を疑っていたわけじゃなかった。でも、こうやって廉君の姿を見ることができて、ホッとしたと同時に、ストンと気持ちに整理がついた気がする。

「………」

すぐそばにいる死神さんの姿をジッと見つめる。こんなふうに思えるようになったのは絶対……。

「どうかした？」

「ううん、なんでもない」

廉君ではなく、自分を見つめている私に気づいた死神さんが、不思議そうに首をかしげる。そんな死神さんに、首を振って私は再び画面に映る廉君に視線を向けた。でも頭の中は、隣に立つ死神さんのことでいっぱいだった。

ねえ、死神さん。今、こうやって廉君の姿を見ながら、私があなたのことを考えているなんて、きっと想像もしてないよね。

あなたのおかげで、私は過去ではなく未来を見て歩くことができるよ。……残り少ない、未来だけど――。

その日の夜、私は夢を見た。

満開に咲く桜の木の下で、死神さんと並んで歩く夢を。

それはとても幸せで、甘く切ない夢だった――。

5. もう一人の死神さん

その日もいつも通り、病室を訪れた死神さんとのんびりとした時間を過ごしていた。

私がベッドを降りると、死神さんはそのあとを追いかけるようにして窓のそばに立った。

「どうしたの?」

「——あれ」

死神さんの言葉に、私は桜の木を指差した。あの日、死神さんが桜の木を生き返らせてから、まるで今までの遅れを取り戻すかのように桜の木は一気に成長していった。周りの木より一回りも二回りも小さかったのに、あれではそのうち追いついてしまいそうだ。

「あんなに急成長して不審に思われない?」

「大丈夫。周りの木が大きいから気づかれないよ」

死神さんらしからぬ楽観的な言葉に、思わず笑いが込み上げる。

「そんなものかな?」

「そんなもんだよ」

「そっかー」

私は並んだまま桜の木を見ながら、隣に立つ死神さんの顔を盗み見る。と、いってても相変わらずフードを目深にかぶっているせいでときおり口元が覗《のぞ》く以外は何も見えない。最初は表情が見えないことが不安だった。でも、気づけばそんな些《さ》細《さい》なことなど気にならなくなっていた。

不思議だ。死神さんと出会ってまだ二十日も経っていないというのに、こんなにも彼の隣が心地よく感じるなんて。

死神さんはそう口数が多いわけではないから沈黙が訪れることもよくあった。でも、それも気まずいものではなくて、会話がなくても穏やかな空気がそこには流れていた。だからだろうか、死神さんも私と過ごすこの時間を悪くは思っていないんじゃないか、なんて感じてしまうのは。

「どうしたの？」

私の視線に気づいた死神さんが、不思議そうにこちらを振り向く。だから、私は何か言わなきゃと必死に話題を探す。

「な、なんでもない！　ね、あの木、どんな花が咲くと思う？」

「どんなって……。桜なんだから、桜の花でしょ」

「そんなのわかんないじゃん。桜だと思って植えたけど実は違う木だったりするかもだし」

我ながら変なことを言っているとはわかっている。でも、そんな私の話にも死神さんはちゃんと考えて答えてくれる。

「えー……。じゃあ、桃とか？　梅？」

「どうかなー？　意外なところでバナナとかできちゃったりして」

「バナナ？　それはないでしょ」

ふはっと声に出して笑うと、死神さんはおかしそうに何度も「バナナ……」と言っては笑う。そんな死神さんの態度が嬉《うれ》しくて、私はついつい調子に乗ってしまう。

「えー？　じゃあ、死神さんは桃ね？　私はバナナだから、外れた方が当たった方の言うこと聞くってことでいい？」

「いいけど、バナナはないでしょ」

「わかんないじゃん。じゃあ、約束ね」

「ああ。……や、うん。やっぱり、それは……」

「あ……」

おかしそうに笑っていた死神さんが言葉に詰まって、私は自分自身の失言に気づいた。そうだ、私がその答えを知る日は来ないのだ。答えがわかる頃には、私はもうこの世にいないのだから……。

「っ……変なこと言っちゃってごめんね！　そりゃそうだよね、バナナはないよね、バナナは。普通に考えて桜だよねー」

慌てて誤魔化してもう一度、桜へと視線を戻す。そんな私に死神さんは、何か言いたげにしていたけれど、でも結局、何も言わないまま彼もまた桜を見つめた。

わかっていたはずなのに、どうしてこんなにもショックなんだろう。彼は私の魂を取りに来た死神で、私はもうすぐ死ぬ。彼が私のそばにいてくれるのは、ただ魂を取るため、仕事のためなのに……。

私は、隣に立つ死神さんの姿を盗み見る。相変わらず顔も表情も見えないけれど、死神さんの存在を感じるだけで、心臓が苦しくなって切なくなる。

「……はぁ」

私は死神さんに気づかれないように、ドクンドクンと鳴り響く心臓を落ち着けるために、ゆっくりと深呼吸を繰り返していた。

この心臓の鼓動をずっと病気のせい、そう言い聞かせてきたけれど、でも本当はとっくに気づいていた。ただ認めたくなかっただけで。

今度こそ、死神さんにバレないように。そう思っているのに、私が隣に立つ死神さんを見ると、彼もこちらを向いた。

「何」

「し、死神さんこそ」

「僕はなんとなく、君がこちらを見ている気がして」

「っ……見て、ないよ！」

バレていたことが恥ずかしくて、気まずくて、私は慌てて否定をした。そんな私に、死神さんは優しい口調で言った。

「そう？　じゃあ、気のせいだったみたいだね。ごめん」

たったこれだけのことで、心臓はドクンと痛いぐらいに音を立てて跳ね上がった。

胸が、苦しい。心臓が、痛い。

こんなにも動悸《どうき》が激しかったら、私の心臓は死神さんの手帳に書かれた日までもたないんじゃないだろうか。もし、このせいで予定より早く心臓が止まってしまったら、死神さんは大目玉をくらうのかな。「あの子の死ぬ日が変わったのはお前のせいか！」なんて言われたりして。

そんなことを考えていると、ふいに笑いが込み上げてきた。

「ふふ……」

「なんだか楽しそうだね」

「え？」

「笑ってたから」

その言葉に、今度はすんなりと頷《うなず》くことができた。

「うん。最近ね、なんだか毎日が楽しいの」

「それはよかった」

「きっと死神さんが毎日こうやって来てくれるからだね」

「僕は何もしていないよ」

そんなことはない。きっと死神さんがいなかったら、今もただ毎日が通り過ぎるのを退屈に、そして怠惰に待ち続けるだけだっただろうから。

こんなふうに毎日が楽しいと思えるなんていつぶりだろう。もしかしたら、廉君がいたあの頃以来かもしれない。あの頃も、毎日が楽しくて輝いていた。病気で入院しているはずなのに、そんなことを忘れる日もあるぐらい、廉君と一緒にいるのは楽しかった。

そういえば、廉君ともこうやって、病室で二人きりの時間を過ごしたっけ。巡回の時間が来ているのに廉君の病室にいて「早く病室に帰りなさい！」って、よく看護師さんに怒られていた。廉君がお見舞いにもらったパウンドケーキをご飯前に二人で食べちゃって、夕食を残したせいで看護師さんたちを心配させたこともあった。結局パウンドケーキを食べたせいでお腹いっぱいになっていたことがバレて、呆《あき》れられたっけ。

　廉君との思い出は、少し前まで思い返すと辛《つら》くなって悲しくなって、忘れたふりをしていた。それぐらい廉君は私の支えだった。廉君が治療を頑張っていると思うから、私もどんな辛い治療も頑張れた。

　……なのに、どうしてだろう。

「何？」

「ううん、なんでもない」

　死神さんと一緒にいると、廉君と一緒にいた日々を思い出しても、もう辛くない。それよりも、今日はどんな話をしようか、明日《あした》はどんな話を聞かせてくれるのか。死神さんと過ごす日々を楽しみにしている自分自身がいることに気づいて、胸の奥がキュッと締めつけられるように甘い痛みを感じるのだ。

「なんでもないって……。さっきから何度もこちらを見ているじゃないか。何かあるんじゃないの？」

　訝《いぶか》しげに言う死神さんに、誤魔化すようにして笑う。

「ホントになんでもないの。ただ……」

「ただ？」

「えっと……。あ、そう。私、死神さんのことってなんにも知らないなぁって思って」

「僕のこと？」

「そう、たとえば好きなものとか」

「好きなもの……」

私の問いかけに、死神さんは黙り込む。思いつきだったけれど、話題を逸《そ》らせてよかった。「うーん」とか「えー……」とか言いながら死神さんは考え込んでいる。そんなに難しいことを聞いたつもりはないけれど……。

「あ、あの。答えられなければ別に……」

「いや、そういうわけじゃないんだけど。特に好きなものっていうのが思い浮かばないなって……」

「そっか。それじゃあ……」

「ああ、でも」

思いついたかのように、死神さんはこちらを向いた。

「君と過ごすこの時間は、嫌いじゃない」

「っ……」

どうして、そんなことを言うのだろう。

――ドクンドクンと、心臓が音を立てる。

こんな気持ちにさせないでほしい。

――痛いぐらい鳴り響く。

そんなこと言われたら、期待してしまうじゃない。

「大丈夫？　どうかした……」

死神さんの声を遮るように、ノックの音が病室に響いた。

誰かがお見舞いに来るという話は聞いていないし、巡回の時間には早いけれど看護師さんだろうか？

私は、死神さんから顔を背けて、小さく深呼吸をすると「はい」と返事をした。

その返事を待ち構えていたかのようにドアが開く。するとそこには――見覚えのある男性が立っていた。その人は、私の顔を見ると「こんにちは」と言ってニッコリと笑った。

「こんにちは……？」

誰だったっけ……。どこかで、見たことがある気がする。お父さんやお母さんの知り合い――にしては若い。と、いうより最近、しかも病院じゃなくて……。

「あっ！」

あの人だ。死神さんとデートしてたとき、公園でベンチの前に立っていた……！

「失礼しますー」

「え、あ、あの……」

尋ねようと思って、一歩踏み出した私を無視すると、その人はズカズカと病室に入ってきて、私の後ろにいた死神さんの肩を摑《つか》んだ。

そしてその人は。笑顔のまま死神さんに話しかけた。

「ねー？　何をしているのかな？」

「……仕事です」

「それはわかっているけど、でも他の仕事もあるよね？　報告書の提出は？」

「今日の夜に……」

「締切、昨日までだったよな？」

その言葉に、死神さんは困ったように頭を搔《か》く。そんな死神さんに、その人はため息を吐いた。

「他の仕事を疎《おろそ》かにするな」

「すみません」

「持って帰ってやるからさっさと書け」

「ここで、ですか……？」

その人の言葉に、死神さんは驚いたような困ったような声を上げた。そんな死神さんに、その人は冷たい口調で言う。

「嫌なら別にいいけど。お前がペナルティ受けるだけだし。たとえば……担当替えとかさ」

そう言いながらその人は、私を見た。つられるようにしてこちらを向いた死神さんは私が見ていることに気づくと、慌ててテレビ台の下に備えつけられているテーブルを引き出し椅子に座った。

「今すぐ書きます」

「最初からそうしろよ」

死神さんはポケットに入っていた紙を取り出すと、机に向かって何かを書き始めた。

状況についていけない私はどうしたらいいのかわからずに立ち尽くす。そんな私に、その男性は人当たりのよさそうな笑顔を向ける。

「ごめんねー、ちょっとこいつ借りるね」

「え……あ……」

このお兄さんはいったい死神さんのなんだろう。死神さんも当たり前のように話をして……それで……。ああ、もう！　わからない！

「あ、あの……聞いても、いいですか？」

「ん？」

「この間、公園にいた人、ですよね……？　あなたも死神さんのこと、見えるんですか？」

「ああ、見えるよ？」

その人は、当然のようにそう言う。死神さんと喋《しゃべ》っていたんだからそりゃそうなんだけど、でもこうやって死神さんが見える人に初めて出会ったから驚いてしまう。私と同じように、死神さんを見ることができる人……。死神を見ることができるのは、その死神が担当している人だと死神さんは言っていた。つまり……。

「俺は、こいつの上司ね」

「上司？」

「そう、俺も死神なの。だからこいつのことが見えるってこと」

「あなたも、死神……」

「と、いってももう魂を取る仕事はしていないけどね。よろしく」

そう言ってその人は手を差し出した。その手をおずおずと握りしめるけれど、いまいち状況についていけない。この人は死神さんの上司の死神で、えっと……？　わからないことが多すぎる。

「で、でも、担当の死神さん以外は見えないはずじゃあ？」

「よく知ってるね。でも、俺は例外ね。俺たち管理職は魂を取る仕事をしない代わりに、こいつらがミスしたときに対処できるように、全ての対象者から認識できるようになってるんだ」

ニッコリと笑う顔は、私たちと何一つ変わらない。なのに、死神さんと同じように冷たい手のひらが、この人も生きていないのだということを証明していた。

「………………」

「まあ、それはいいとして」

その人は、黙り込んでしまった私から、死神さんへと視線を向けた。

「できた？」

「もうちょっと……」

「早くしろよ。俺も戻らなきゃいけないんだから」

「すみません」

死神さんは何かをガリガリと書いている。手元を覗《のぞ》き込もうとした私の視界を遮るように間に割って入ると、死神さんの上司の人は私に笑いかけた。

「君は真尋ちゃんだよね」

「どうして、名前……」

「部下の担当の人間の名前は覚えているよ」

「そう、ですか」

人当たりの良さそうな顔で笑うその人を見ていると、少しホッとする。表情が見えなくても死神さんの感情はなんとなくわかるようになってきたけれど、でもやっぱり見える方がわかりやすいしなんとなく会話している感があっていい。

「えっと、あの……」

「ん？」

「その、さっきあなたも死神だって……」

「そうだよー」

死神さんが二人になって、私は彼を、そして目の前の人をなんと呼べばいいのかわからない。どっちも死神さん？　それとも……。

私の担当の、私の死神さん……。

そのフレーズに、なぜかドキドキして顔が熱くなるのを感じる。赤くなってるような気がして、慌てて俯《うつむ》いたけれど、そんなことこれっぽっちも気にとめていないように、目の前の人は話を続ける。

「あ、死神さんだとこいつと紛らわしいから、俺のことは、そうだなぁ。お兄ちゃんって――」

「先輩、できました」

「おう」

死神さんの声にその人は後ろを向くと、手渡された紙を確認する。

「どうですか？」

「おっけ。んじゃ、提出しておくわ」

「よろしくお願いします」

そして、そのまま帰るのかと思いきや私の方へと向き直った。

「だから、俺のことは——」

「先輩」

「なんだよ」

「……先輩さん？」

死神さんに倣ってそう呼んだ私に、先輩さんは大げさなほどに残念そうな声を上げた。

「え、そっちで呼んじゃう？　お兄ちゃんは？」

「先輩、もうお兄ちゃんって年じゃないですし」

「うるさい」

先輩さんが小突くような仕草をすると、手慣れた様子で死神さんはそれを避《よ》けた。

どうしてだろうか。先輩さんに話しかけるときの死神さんは、年の離れたお兄ちゃんを慕う弟のようで微笑ましく思える。死神さんってこういう話し方もするんだなぁなんて思っていたらついつい笑ってしまっていた。そんな私を見て死神さんは迷惑そうに先輩さんに言う。

「先輩のせいで笑われたじゃないですか」

「俺、関係ないよね？　ってか、尻拭《しりぬぐ》いに来てやったのに生意気だな。何？　真尋ちゃんの前だから？」

「違います」

「ほら、ムキになった」

「もう帰ってくださいよ。書類の提出よろしくお願いします」

窓の向こうに押し出すように、死神さんは先輩さんを追い出そうとする。そんな死神さんに「仕方がないなぁ」と笑うと先輩さんは私に手を振った。

「またね、真尋ちゃん」

「あ、あの！」

「ん？」

「また、来てくださいね」

私の言葉が意外だったのか、先輩さんは丸い目をさらに丸くすると死神さんと私の顔を交互に見てニヤリと笑った。

「真尋ちゃんは俺に来てほしいんだって」

「……そうですか」

「真尋ちゃんが俺に会いたいって言うなら、お前に止める権利はないよな？」

「そうですね」

死神さんは不服そうにそう言うと、プイッとそっぽを向いた。

「じゃあまた来るね」

先輩さんはいつも死神さんがそうするように、窓の外へと溶けるようにして消えた。

「ったく……」

小さな声で呟《つぶや》きながらカーテンを閉める死神さんの姿を見ると、なんだか可愛くて笑ってしまった。

「ふふ……」

「なんだよ？」

「なんでもない」

死神さんの口調が普段より幼くて、ついつい笑ってしまう。先輩さんがいると、いつもの死神さんよりもダイレクトに感情が伝わってくる気がする。

「ね、死神さん」

「なに？」

「先輩さんと仲が良《い》いんだね」

私の言葉に、死神さんはとんでもないとばかりに首を振る。

「別に、上司ってだけで仲がいいわけじゃあ……」

「そうなの？」

「そうだよ。そりゃあ突っかかってくるから話はするし、上司だから相談したりとか、何かあったりしたときはいつも……」

「そうなんだ」

気づいていないのだろうか。いつもよりも自分の感情に素直で、まるで普通の男の子のような態度になっていることに。

普段の死神さんとは違う一面に、思わず頬が緩む。そんな私に、死神さんは嫌そうな声を出した。

「何、その顔」

「ふふ、別にー」

クスクスと笑う私にきっと今頃フードの中では、苦虫を嚙み潰《つぶ》したような顔をしているに違いない。そんな死神さんを想像すると、余計におかしくなって笑いが止まらなくなる。

「あははは……っ……ゲホゲホ」

「もう、何やってるんだよ」

「ご、ごめん」

笑いすぎてむせてしまった私に、死神さんは呆《あき》れたように冷蔵庫からお水を取り出すと手渡してくれる。

「ありが、とう……っ！」

手渡されたお水を受け取るときに触れた死神さんの手が、冷えたお水よりも冷たくて、こんなにも楽しい時間を過ごしているのに、この人が生きている人間とは違うのだと改めて思い知らされる。

胸が、ズキンと痛んだ。

私は、死神さんが、私とは違う時間を生きることが悲しいんだ。こうやって目の前にいるのに、生きる時間が交わらないことが悲しくて、辛《つら》い……。

「っ……」

そんな思いを打ち消すように、私は冷たい水を一気に喉《のど》の奥へと流し込んだ。まるで胸の中で燻《くすぶ》る熱を冷まそうとするかのように——。

「また来るね」そう言った言葉通り、翌日の午後、先輩さんは病室へとやってきた。

あからさまに迷惑そうな声を上げる死神さんを見ると、失敗したかなと、思わなくもない。

でも、先輩さんと一緒のときの死神さんは、私といるときよりも可愛くて、もっと見ていたかった。それに、まだ自分の中の新しい感情に向き合えていない私は、どうしてもこれ以上、死神さんと二人きりでいるわけにはいかなかった。だって、そうでしょう。

「ねえ、真尋ちゃん」

「なんですか？」

先輩さんに名前を呼ばれることはなんてことないのに。

「君があまり優しくすると、先輩がつけ上がるよ」

「どういう意味だ？」

「そのまんまの意味です」

「あはははは」

死神さんが「君」と私を呼ぶたびに、心臓が痛いぐらいにドキドキする。先輩さんと目が合うよりも、死神さんがフード越しにこちらを見ていることに気づいたときのほうが、頬が熱くなって上手《うま》く言葉が出てこなくなる。

もう隠すことができないこの感情を、死神さんに気づかれずにいられる自信はなかった。

でも、この想いが上手くいかないことも知っているから……。だから、先輩さんが来てくれて安心した。そうじゃないと、どんどん死神さんに惹《ひ》かれていって泣きたくなって切なくなって、心臓が痛くなって、この気持ちを抑えきれずに「好き」の二文字が口をついて出てきてしまいそうだったから。

「真尋ちゃん？」

「あ……えっと、すみません。なんでもないですよ」

黙り込んでしまった私に、先輩さんは心配そうな表情を浮かべる。慌てて手をパタパタとさせながら、なんでもないことをアピールするけれど、余計に心配をかけたのか、先輩さんは私と視線を合わせるようにしゃがみ込んだ。

「どうしたの？　疲れた？」

「あ、いえ。そういうわけじゃあ……」

「先輩がうるさいからじゃないですか？」

「お前、真尋ちゃんの前だと結構言うね。何、そんなにヘタレなところ見られたくないの？」

「違いますよ！」

二人の会話を聞いているとなんだかおかしくて、思わず笑ってしまった。私と接するときとは少し違って聞こえるのは、どうしてだろう。こんなふうに、ポンポンとやり取りができる関係っていいなぁ。死神さん、私にもこんなふうに話しかけてくれないかな。……無理かな。相手が先輩さんだからかなぁ。それとも男の人同士だから？　どっちにしても……。

「いいなぁ」

「何がだい？」

「仲良くて」

「そんなことないよ」

死神さんは心底嫌そうに言うけれど、そんな反応すら仲がいい証拠に思えて……。

「そんなことあるよ。……羨《うらや》ましい」

もしもこんなふうに話しかけてくれたらなんて返そう。……なんて、無理な話だよね。私はあくまで魂を取る対象で、死神さんにとって友達でもなんでもないんだし。

でも、そっか。

「君にだって、仲のいい人の一人やふた――」

「私も死神になれば、死神さんと仲良くなれるかな」

「え？」

「え、あ……っ！」

思わず零《こぼ》れ落ちてしまった言葉に気づいて、慌てて口を押さえる。でも、もう遅い。

口から出てしまった言葉はしっかりと二人の耳に届いていたようで、死神さんは何か言いかけた言葉を途切れさせたまま固まっていた。そして、先輩さんも……。一瞬驚いたような表情を見せたあと、困ったように笑った。

「真尋ちゃんはこいつと仲良くなりたいの？」

「あ、あの、それは……」

どうしたらいいんだろう、なんて言えばいいんだろう。

絶対に変に思われた。もしかしたら私の奥に秘めた気持ちに気づかれてしまったかもしれない。どうしようどうしよう……。

でも、なんて言ったらいいかわからずにいる私の頭を……先輩さんが優しく撫《な》でた。

「え……？」

「そうだよね、こんなところにずっといたから寂しかったよね。こうやって仲良さそうに話している俺たちを見て、仲間に入りたいって思っちゃったんだよね」

「あ、あの……」

「いい子、いい子。真尋ちゃんはよく頑張っているよ」

「っ……」

先輩さんの言うことは当たっているようで違って。でも、死神さんがどこかホッとしたように息を吐き出したのに気づいて、私は先輩さんの顔を見た。

先輩さんは、全部わかっている。とでも言うかのように優しく微笑むと「大丈夫だよ」と囁《ささや》いた。

「ね、真尋ちゃん」

「は、はい」

「俺とジュース買いに行かない？」

「ジュース、ですか？」

「それなら、俺が」

「お前――今、真尋ちゃんと一緒に、病院の中を歩けるのか？」

「っ……」

どういう意味だろう？

疑問に思った私に気づいたのか先輩さんはニッコリと笑った。

「俺はもう魂を取る仕事をしていないって言ったよね」

「あ、はい」

「だからどこに行こうと大丈夫なんだけど、こいつは君の他にも担当を持っているからさ。もしもその人がたまたまこの病院に来ていたら、鉢合わせしてしまうことだってあり得るからね」

「そう、ですね」

たしかに、担当されている者同士が鉢合わせしてしまえば気まずいかもしれない。なんとなく腑《ふ》に落ちなかったけれど、そういうものか。と自分自身を納得させた。

「お前はどうする？　ここで待ってる？　それとも今日はもう戻るか？」

「待ってます」

「そう。んじゃ、ちょっと真尋ちゃんと行ってくるな」

「いってきます」

「いってらっしゃい」

死神さんに見送られ、私は先輩さんと並んで病室を出た。私たちをジッと見つめる、死神さんの視線を背中に感じながら。

「急にごめんね」

「あ、いえ……」

「なんとなく、あの場所から離れた方がいい気がして連れ出しちゃったけれど、迷惑だったかな」

「そ、そんなこと……。ありがとうございます」

やっぱり全部気づいていて……。さっきのも私の失言をフォローしてくれたんだと、ようやくわかって「ありがとうございました」ともう一度言った。

先輩さんは苦笑いを浮かべると私の頭をポンポンとする。

「死神を好きになるなんて、不毛だよ」

「そう、ですよね」

「――なんてね。俺も昔、経験があるからさ。なんにも言えないけど」

「え……？」

思わず先輩さんを見上げると、困ったように笑っていた。

先輩さんにも経験があるというのは、どういうことだろう。私と同じように死神だった誰かを好きになったということだろうか、それとも……。

「魂を取らなきゃいけない担当の子を、好きになっちゃったんだ」

そう言って、先輩さんは悲しそうな顔をして微笑んだ。

「それって……」

「っていっても、もう何年も前の話だけどね。辛《つら》かったなぁ、あのときは」

何かを思い出すように、先輩さんは遠い目をする。担当した人を好きになってしまうなんて、そんなことって……。

「それ、で……？」

「ん？」

「どう、なったんですか？」

前のめりに尋ねる私に、先輩さんは質問の意図がわからないと言わんばかりに首をかしげた。

「どうって？」

「だから、その、好きになった人とは……」

こんな話をするぐらいだから、もしかしたら何か抜け道があるのだろうか。だから、先輩さんは私を連れ出して、それで……。

でも、そんな私の淡い期待にはっきりとノーを突きつけるように、先輩さんは目を閉じると左右に首を振った。

「うそっ」

「それが俺たちの仕事だからね」

「そんなっ」

そんな悲しいことがあっていいのだろうか。

だって、大切な人の魂をその手で奪うなんて……。

「あ……」

もしかして、だから？　だから、死神さんはあんなふうに頑《かたく》なに顔を見せないようにフードを目深にかぶっているのだろうか。魂を取る対象である私と——私たち生きている人間と深く関わることのないように。だとしたら私の想いなんて、死神さんにとっては迷惑なだけなんじゃあ……。

「変な話をしてごめんね」

「そんなこと……」

「でも、俺みたいな想いを真尋ちゃんにはしてほしくないから。どんなにあいつを好きになっても、死神と人間じゃあ結ばれないよ」

「っ……」

そんなこと、わかっている。そう言おうと思ったのに、先輩さんの顔を見ると、何も言えなくなった。だって、先輩さんは今にも泣きそうな顔で笑っていたから。

「ごめんな、さい」

「なんで謝るのさ。俺の方こそ、なんにもできなくてごめんね」

先輩さんは私の頭を優しくポンポンとすると、もう一度優しく微笑んだ。

「さあ、ジュース買いに行こうか」

「あ……」

「あまり遅いと、戻ったときあいつに文句を言われかねないからね」

「そう、ですね」

先輩さんの隣に並ぶと歩き始めた。

面白おかしく話をしてくれる先輩さんに、笑って相槌《あいづち》を打つ。けれど、私は上手《うま》く笑えているだろうか。

あんな話を聞いたのに、それでも死神さんに会いたいと思ってしまうこの感情をどうしたらいいんだろう。私は先輩さんの隣を歩きながら、張りつけたような笑顔の下でそんなことばかり考えていた。


自販機でジュースを買って帰ってきた私は、病室のドアを開けようと取っ手に手をかけた。けれどそんな私に先輩さんは「シーッ」と口に指を当てた。いったいどうしたというのだろう？

私が不思議に思っていると、先輩さんは病室のドアを音を立てないようにそっと開けて手招きした。

先輩さんがしていたように、私も隙間から中を覗《のぞ》き込む。すると、そこには落ち着きなく病室内をウロウロしては椅子に座る、そしてしばらくするとまた立ち上がる、ということを繰り返す死神さんの姿があった。

「何やって……？」

「真尋ちゃんが俺と出ていったきり帰ってこないから心配しているんだよ」

「まさか」

「ったく、仕方ないな」

そう言ったかと思うと、先輩さんは病室のドアを勢いよく開けた。

突然開いたドアに驚いたようにこちらを振り向く死神さん。そんな死神さんとは対照的に、ツカツカと病室に入るとおかしそうに先輩さんは尋ねた。

「そんなに驚いてどうした？」

「っ……別に」

そう言うと、死神さんはそっぽを向いてしまう。そんな死神さんに「ふーん？」と言うと、先輩さんはこちらを見た。

「真尋ちゃん、ごめんね。俺そろそろ戻るね」

「あ、はい」

「って、ことだから」

「え？　あ、はい」

「真尋ちゃん、またね」

先輩さんは手を振ると、病室の外へと姿を消した。

残されたのは、私と死神さんの二人だけ。

気まずい空気をなんとかしようと口を開こうとしたけれど、気の利いた言葉が出てくることはない。自分のコミュニケーション能力のなさが嫌になる。結局何も言えないまま、私は沈黙から逃れるように買ってきたジュースのキャップを開けた。

「きゃっ！」

「えっ？」

思った以上に動揺していたのか、ペットボトルを握りしめる手に力が入っていたようでキャップを開けた瞬間、中身が溢《あふ》れ出してきた。

私の手を伝うようにして、溢れたジュースが床に水たまりを作っていく。

「ど、どうしよう！」

「何やってんの」

呆《あき》れたようにそう言うと、慌てる私の手からペットボトルを取り上げて、死神さんはかけてあったタオルで私の手を拭《ふ》いた。

「っ……」

こんな状況なのに、タオル越しに握りしめられた手の力にドキドキしてしまう。

でも、タオル越し、だからだろうか。ほんのりとぬくもりを感じた気がしたのは。

そんなわけない。そんなことあるわけないのに。そのぬくもりがあまりにも優しくて、辛かった。

「もう大丈夫だよ」

「あ……」

「ん？」

「ううん、ありがとう」

いくら清涼飲料水とはいえジュースはジュースだ。このままだとべとついてしまうかもしれない。せっかく拭いてくれたけれど、一度洗い流さなくちゃいけないよね。

そう思ったのだけれど……。

「あ、あの」

「どうしたの？」

「えっと、その……手を……」

「手？……ご、ごめん！」

私の言葉に死神さんは、手を握りしめたままだったことに気づいたようで、慌てて私の手を離すと、顔を背けた。

私もどうしていいかわからずに、その場から動けないでいると少し上ずった声で死神さんは言った。

「僕も今日はもう戻るよ」

「あ……」

死神さんは私に背中を向けて窓へと向かって歩いていく。思わず……私は死神さんに声をかけていた。

「あ、あの……！」

「何？」

振り返った死神さんはいったい何を思っているんだろう。

フードの下で、いったいどんな表情をしているんだろう。

いくら想像しても、考えても、その問いに答えは出ない。

「どうかした？」

「ううん、なんでもない」

「そう。じゃあ、また明日《あした》」

「っ……！　うん、また明日！」

何気なく言った言葉なのかもしれない。でも当たり前のように言った「また明日」の言葉に、明日も死神さんが来てくれるんだと嬉《うれ》しくなってしまう。

そして死神さんは、いつものように窓の向こうに姿を消した。

私は、死神さんの姿が見えなくなるまで窓の外を見つめたあと、誰もいない病室を見回した。そう口数が多いわけじゃない死神さんだけれど、帰ったあとの部屋はなんだか静かで寂しくなる。

「あ……」

さっき私の手を拭くのに、死神さんが取ってくれたタオル。それどころじゃなくて床に落ちたままになっていたことに私はようやく気づいて、それを拾い上げた。

「っ……」

そんなわけないのに、タオル越しに触れた死神さんの手の感触がまだ残っているような気がして、それをギュッと握りしめてしまう。でも……。

「冷たい」

こぼれたジュースを拭いたタオルは冷たくなっていた。その冷たさがやけにリアルに死神さんの手の冷たさを思い出させて、悲しくもないのになぜだか涙が溢れそうになってしまう。

廉君を好きだった頃とは違う、胸が苦しくて切なくて泣きたくなってしまうようなこの想い。死神さんに会うと嬉しくて、心臓がドキドキして、キュッとなって触れたくなる。

ああ、私はやっぱり死神さんのことが好きなんだ。こんなにも胸が苦しくなるぐらい、死神さんのことが――。

「好き」

呟《つぶや》いたその言葉は、日の落ち始めた病室に消えていった。

薄暗くなった病室で一人、私はその感情を何度も何度も確かめるように、死神さんの姿を思い浮かべては苦しくなる胸の痛みを感じ続けていた。

6. 死神のお仕事

翌日も、その翌日も死神さんと一緒に先輩さんは顔を出してくれた。

「こいつの提出しなきゃいけない書類が溜《た》まっているからさ」なんて先輩さんは言っていたけれど……。「好き」と、誰もいない病室で口に出してしまったあの瞬間から、どんどんと死神さんへの気持ちが加速していっていた私にとって、先輩さんの存在はありがたかった。死神さんの姿を見るだけで心臓がドキドキする。「君」と呼びかけられるだけで胸が締めつけられるように苦しくなる。このまま好きになったって仕方がない。そうわかっているのに……。

テーブルに向かって書類を書く死神さんをよそに、ベッドの隣に置かれた椅子に座ると先輩さんは私に話しかける。

「そういえば、ここって一人部屋なんだよね」

「はい。大部屋もあるけど小さい子が多いので、私は個室にしてもらっています」

「ふーん。寂しくない？」

先輩さんはなんの気なしにそう尋ねてくる。寂しくないわけはない。でも、小さな子の泣き声を聞いている方が辛《つら》いし、嫌なことや辛いことがあったときでも個室なら誰にもその姿を見られずに済むから気が楽だ。

……それに。

「最近は死神さんが来てくれるから……」

「へえ？」

「前までは夕方とか、あと夜中に目が覚めたときとか、なんとなく気持ちが落ち込んだり寂しくなったりしたこともあったけど、今は大丈夫です」

「夜中？」

そう言った私に先輩さんは何か引っかかったところがあるのか、怪訝《けげん》そうな表情を私に向けた。

「え、こいつそんな時間にも来てるの？」

「そうですけど……。どうしてです？」

「お前……」

私の言葉に、先輩さんが呆れたように死神さんを見た。死神さんは先輩さんから顔を背けると言い訳をするかのように小さな声で呟いた。

「別にいいじゃないですか」

「いや、そりゃいいけどさ。ちゃんと他の仕事もやってるか？　たとえば、ほら。担当してるもう一人の――」

「やってますよ。大丈夫です」

「ならいいけど」

慌てたように返事をする死神さんの姿が、まるでお母さんに叱《しか》られている小さな子どものようで思わず笑ってしまう。

「なんだよ」

「なんでもない」

拗《す》ねたような言い方すら、可愛く思えてしまう。

……そういえば、死神さんはいくつなんだろう。落ち着いた雰囲気だから、私よりも年上なのかな、なんて思っていたけれど。そもそも死神に年齢があるのかどうかすらわからない。もともとは人間だった、なんて言っていたし、だとしたら死んだときの年齢？

聞いてみたい気もするけれど、どこまで深く聞いていいのかがわからない。そもそも聞いたところで答えてくれるかどうかもわからないんだけど……。

「どうかした？」

「え？」

「百面相してる」

死神さんに指摘され、私は慌てて頬を押さえる。そんなに変な顔をしていたのだろうか？　恥ずかしい……。

「そ、そんなこと……」

「何かこいつに、聞きたいことでもあった？」

けれどそんな私に、先輩さんはなんでもお見通しとばかりに微笑む。聞きたいこと、聞いてもいいのかな。

「あの、えっと……」

「ん？」

とはいえ、いまさら「何歳？」なんて、なんとなく聞きづらい。急にどうしたのかと変に思われるかもしれない。でも、質問できるチャンスなんてもうないかもしれないし……。

私は死神さんの方へと向き直って声をかけた。

「あのね！　死神さんって、魂を取る以外にも何か仕事ってあるの？」

「え……。それは……」

「あるよ。ほら、こいつがこの前やってたみたいな書類作成とか」

口ごもった死神さんの代わりに先輩さんが答えてくれる。そっか、ああいうのも死神さんの仕事なんだ。

「そんなのもするのね。死神の仕事って人の魂を取ることぐらいなのかと思ってた」

「死神の数はそう多くないからね」

そうなんだ、と思いながら死神さんの方を見る。すると、目なんか合うはずがないのに、死神さんは露骨に顔を背けた。

どうして？

「まあ、だからこいつがあまりにも他の仕事を疎《おろそ》かにしているなら、真尋ちゃんの担当を外れてもらうこともあるかもね、って話だよ」

「そう、なんですか……」

「――大丈夫だから」

しょんぼりとした私に、死神さんは心配するなと言う。けれど、そんな死神さんを先輩さんは疑わしそうに見た。

「ふーん？　ホントに大丈夫なのか？」

「はい、大丈夫です」

「……なら、いっか」

真面目に答える死神さんとは対照的に、どこか楽しそうな口調の先輩さん。これは、もしかしなくても……。

「死神さんをからかって遊んでいる……？」

「お、よくわかったね」

「なっ……先輩！」

私の言葉で、からかわれたことにようやく気づいた死神さんが、怒ったように立ち上がる。そんな死神さんをケラケラと笑うと、先輩さんは机の上の書類を取って私に笑いかけた。

「おー怖い、怖い。じゃあ、こいつが怖いし今日のところはこれで戻るね」

「あ、はい。また明日《あした》」

「……うん、またね」

そう言うと、先輩さんは去っていく。

残された私は、なんとなくさっきの話の続きをする気にもなれずに黙り込んでしまっていた。

「……他には？」

「え？」

「だから、他には何か聞きたいことってないの？」

さっきまで先輩さんが座っていた椅子に腰かけると、死神さんは私の方を向いた。

「答えてくれるの？」

「まあ、答えられることなら。ないなら、別にいいけど」

そのまま話を切り上げようとする死神さんに、私は慌てて質問を投げかけた。

「そ、それじゃあ！　好きな食べ物は？」

「……前も言ったと思うけど、死神に食事をするっていう概念は……。でも、そうだな。しいていうならオムライス、かな」

「可愛い」

「うるさいよ」

恥ずかしそうな死神さんに思わず笑ってしまう。

そのあとも私はいくつかの質問をした。全部に答えてくれるわけじゃなかったけれど、死神さんは答えられる質問に対しては丁寧に返事をしてくれた。

「じゃ、じゃあ……」

「まだあるの？」

「これで最後。……死神さんは、何歳ですか？」

「……それは」

口ごもってしまった死神さんを見て、ああこれは答えられない質問だったのかと残念に思ってしまう。でも、それでもたくさんのことに答えてくれたんだから感謝しなければ。

「やっぱ、今のなし！　さっきので終わり！」

ガッカリとした顔を隠すと、私は笑みを浮かべる。

でも、そんな私に死神さんは聞き取れるか聞き取れないかわからないぐらいの小さな声で呟《つぶや》いた。

「上」

「え？」

「……だから」

思わず聞き返した私に、死神さんは困ったような、怒ったような声を出したかと思うと、一瞬の間のあと諦《あきら》めたように口を開いた。

「君よりも少し年上、だよ」

「そっか」

「うん」

具体的に何歳という答えはもらえなかったけれど、十分だった。そっか、やっぱり死神さんは私よりも年上だったんだ。それが今の年なのか、それとも死んでしまったときの年なのかは聞けなかった。でも、それでもよかった。

「ありがとう、なんだか死神さんのことがたくさん知れた気がする」

「それはよかった」

「でも、どうして教えてくれようと思ったの？」

ふと思い浮かんだ疑問を、私は死神さんにぶつけた。でも、その返事は実にあっさりとしたものだった。

「僕だけ君の情報を知っていて、君は僕のことを何一つ知らないなんてフェアじゃないなと思って」

「フェア……？」

「そう。それだけだよ」

「そ……っか」

どうしてだろう、さっきまであんなに心がふわふわとしていたのに、今は一気に冷たくなっていく。

悲しい、寂しい、切ない……。

いろいろな感情がごちゃまぜになって、どういう表情をしたらいいのかもわからなくなる。

「そう、だよね……。お仕事、だもんね」

「え？」

「変なこと聞いちゃって、ごめん、ね？」

笑え、にっこりといつものように、笑え。

そう思っているのに、泣きそうになるのを抑えることができない。

「ごめん」

「え……？」

「いじわるな言い方、した」

「死神さん……？」

ガシガシとフードの上から頭を掻《か》くと、死神さんは「あー」とか「うー」とか唸《うな》ったあとで、観念したかのようにこちらを向いた。

「その、君になら答えてもいいって思ったから、答えたんだ。別に、仕事だからとか義務だからとか、そういうのじゃない」

「それって……」

「だからといって、深い意味があるわけでもないけどね」

死神さんは一気に捲《まく》し立てるようにそう言うと「それじゃあ、今日はもう戻る」と慌てて窓の向こうへと姿を消した。

残された私は、いつものように一人になる。でも、心臓のドキドキと頬の火照《ほて》りでなんだかふわふわとした気持ちでいっぱいだった。

＊＊＊

ある日の夜、私は一人考えていた。

私以外にも担当を持っているということ。そしてこの間、死神さんはこの病院の中を歩けないと言っていた先輩さんの話を。

もしかしたら、この病院の中に、私以外にも担当の人がいるということ……？

それも私の移動範囲内に？　それはつまり……。

「やだっ……」

背筋がゾクッとする。そんなこと考えたくない。死神さんが、誰かの魂を取るために、私以外の人のところへと向かうために、ここへ来ているなんて……。

頭ではわかっている。死神さんのお仕事がどういうことか。何をするのか。でも、心が理解することを拒絶する。

だけど……。そう考えると辻褄《つじつま》が合う気がする。そういえば、いつだって死神さんは窓からこの部屋に入ってきていた。まるで、病院内をうろつくのがまずいかのように。

私、死神さんのことばっかり考えてる。

……正直なところ、私は自分自身の、気づいてしまったこの気持ちをどうしたらいいのかわからずにいた。普通ならきっと、好きな人ができたら告白して、ＯＫなら付き合ったり、フラれたらショックで泣いたりするんだろう。

でも、相手は死神さんだし。私の魂を取る人だし。そもそも、私はもうすぐ死んでしまう。伝えても仕方がないのでは？　という気さえしている。でもそれって、伝えてフラれるのが怖い。そんな思いから逃げているだけなのでは？　という自分自身の疑問には答えられずにいた。

「ねえ、死神さん」

いくら考えていても仕方ない。私は、真っ暗な病室の中で死神さんを呼んだ。

でも……。

「……あれ？」

いつもなら、すぐに返事が来るのに今日は誰の声も聞こえない。窓も開かない。風も吹き込まない。

どうしたんだろう……。

「死神さん……？」

もう一度、名前を呼んでみる。

けれど、誰の声も聞こえないシンとした部屋に、私のドクドクと鳴り響く心臓の音だけが聞こえる。嫌な、予感がする。

まさか、もしかして、ううん、でも……。

どうしようかと思いながら、身体を起こす。その瞬間、カラカラカラと窓の開く音が聞こえて、私は勢いよく窓の方を見た。

「死神さ……っ！」

けれど、そこにいたのは死神さんではなく――。

「こーんばーんは」

窓に腰をかけて座る、先輩さんの姿だった。

いつものようにニッコリと笑うけれど、どうしてだろう。先輩さんが纏《まと》う雰囲気が、怖い気がするのは。

「先輩さん……？　あ、あの……」

「ねえ、真尋ちゃん」

けれど、先輩さんは私の声なんて聞こえてなどいないかのように話し続ける。

「あいつがどこにいるか、教えてあげようか？」

「え……？」

あいつというのはもしかして……。

先輩さんは微笑みながら、ポケットから何かを取り出した。

「それって」

見覚えのある気がするそれは、手帳のような形をしていた。

もしかして……。

「死神さんの？」

「よく知ってるね」

くるりとひっくり返して表紙を見せてくれる。そこには、あの日見た頭の欠けた星が描かれていた。

それはいつか死神さんがポケットから出した、私の名前が載っている手帳だった。

「そう、あいつの手帳だよ」

「それがどうしたっていうんですか……？」

「聞いたことない？　これにはね、担当の人間の名前と死因、そして死亡する日付が書かれているんだ。もちろん真尋ちゃんのもここに書かれている」

「だから、なんだって――」

「ここに名前の書かれている中に、今日死ぬ人間がいるんだ」

「え……？」

先輩さんはパラパラとページをめくると、私に見せつけるようにして差し出した。

そのページには、私もよく知っている名前が書いてあった。

「矢代……望ちゃん……？」

「あはは、そうだよ。今頃あいつは、君が仲良しの、あの小さな女の子の魂を取りに行ってるんだ」

「どう、し……」

「ん？」

「なんで、そんなこと……」

私は、先輩さんから言われたことが、見せられたものが信じられなくて、ううん、信じたくなくて、イヤイヤをする子どものように首を振る。そんな話聞きたくない。聞きたくなんてなかった。でも……否定しようとすればするほど、今までの不可解な点が繋《つな》がる。


『おにいさんにね、おねがいしたらすっかりげんきになっちゃった！』

『お前——今、真尋ちゃんと一緒に、病院の中を歩けるのか？』


あれは……そういう、意味だったの——？

突きつけられた事実から目を背けようとする私の頬に手を添えると、先輩さんは「逃げるな」と言って、私と目を合わせた。

「それが俺たちの、あいつの仕事だからだよ」

「だからって、どうしてそれを私に言うんですか？」

「ん？」

「だってそんなこと聞かされたら、私……」

「悲しいって？　辛《つら》いって？　あいつのことを嫌いになってしまうって？」

「っ……」

言葉を失った私に、先輩さんは声を上げて笑う。

泣きたくないのに、生理的に涙が出そうになる。そんな私を先輩さんは鼻で笑うと、吐き捨てるように言った。

「虫唾《むしず》が走るんだよ」

「なっ……」

「バカの一つ覚えのように『死神さん、死神さん』って。真尋ちゃん、君が目を背けている間に、君の知らないところであいつが何をやっているのか知っているの？　それでもあいつを好きだって言えるのか？」

「そんなの……！」

「知らないって？　でも、君はあいつが死神だってことを知っているんだろう？　魂を取っていくということがどういうことか、ちょっと想像すればわかることだろう？」

「どうして……」

どうして、そんなことを言うの……？

だって、私が死神さんを好きだって知ったときも、先輩さんはバカだなぁというかのように悲しそうに笑ってくれていたのに。なのに、どうしてこんな……。

涙でぐしゃぐしゃになった顔を、パジャマの袖《そで》で必死に拭《ぬぐ》いながら私は先輩さんを睨《にら》みつけた。

「ふっ、ははっ。そんな顔で俺を睨んだって、なんにも変わらないさ。さあ、今頃あいつはあの子の部屋で何をしているのかな」

「っ……」

私は、先輩さんの手を振り払うと病室を飛び出した。

私の部屋から少し離れたところにある望ちゃんの病室。薄明かりの廊下の向こうにそれが見えた瞬間、私はホッと息を吐き出した。特に誰かが病室に出入りしている様子もない。と、いうことは望ちゃんに異変はないはずだ。だって、本当に何かあったのであればバタバタと先生や看護師さんたちが病室に向かうから。あれはきっと私を焦らせるための、嘘だったんだ。きっとそう。そうに決まっている。

バクバクと音を立てていた心臓を落ち着けるために、深呼吸して、それから望ちゃんの病室のドアに手をかけた。

「え……？」

そっと開けたドアの向こうから、風が吹いた。

「なん、で」

そこには、よく知っている彼の姿があった。

大きな鎌を望ちゃんの喉元《のどもと》に突き刺した、死神さんの姿が。


どうやって戻ってきたのだろう。

気がつけば私は、自分のベッドの上にいた。

もう病室に先輩さんの姿はない。私が戻ってくる前に、消えたのだろう。でも、そんなことはどうでもよかった。

それよりも、さっき見た光景が、目に焼きついて離れない。

まるで悪い夢でも見たようだった。ううん、夢ならどれだけよかっただろうか。

でも、手の震えが、汗で背中に貼りつくパジャマが、全部本当にあった出来事なのだと私に告げていた。

「っ……あ、あんな……の、だ、って……あれじゃあ……」

ガタガタと震える身体を自分の腕で抱きしめる。けれど、そんな私を嘲笑《あざわら》うかのように、窓が開くと風とともに、月明かりに照らされて死神さんが現れた。

「あ……」

「…………」

「こ、来ないで！」

思わず投げつけた枕を、死神さんは避《よ》けることはなかった。その場で立ち止まった死神さんは、フードで隠れた顔をこちらに向けていた。

「やだ……」

「……ごめん」

「どうし、て……」

一歩、また一歩と死神さんが近づいてくる。

怖かった。死神さんのことを、初めて怖いと思った。

でも……。

「もう、来ないで……」

こんなことが言いたいわけじゃないのに。

「あなたなんて……」

死神さんを傷つけるとわかっているのに。

「死神さんなんて」

言葉が止まらない。

「嫌いよ……」

死神さんの手が、私へと差し出される。

でも……。

その手は、私に触れることなく下ろされた。

だから私は手を伸ばすと、死神さんの冷たい指先に触れた。その手は、小さく震えていた。

「死神、さん……」

「ごめん……」

触れた手を、ギュッと包み込むと——死神さんは驚いたように顔を上げた。

本当は、この手が怖かった。恐ろしかった。望ちゃんの命を奪った手が、憎かった。

冷たい空気を纏《まと》ったまま、粛々と仕事を——望ちゃんの首に鎌を突き刺していた死神さんを思い出すだけで恐ろしさから逃げ出したくなる。でも、こんなふうに震えているのを見ると……。

「この手で、私の魂も、取るの……？」

「……ああ」

「それでまた、こんなふうに——あなたは一人、傷つくの？」

「っ……」

そんなの、そんな悲しいこと……。

「そのときに、そばにいられないのは、辛いね……」

手のひらの中の冷たい手が温かくなることはないけれど、でもこうやってそばにいられれば固く握りしめられた手のひらをほどくことはできるのに……。

「あなたが傷つくぐらいなら、あなたじゃない誰かが私の魂を持っていってくれればいいのに」

「ダメだ！」

「え……？」

「それでも……。君の死神は、僕だ。君の最期の瞬間に、そばにいるのは僕じゃないといけないんだ」

「どうして……」

私の言葉を遮るようにして言う死神さんに、私は思わず問いかけていた。どうしてそんなに……。

死神さんは私の手を握り返し、痛いぐらいに力を入れると顔を上げた。

「死神さん……？」

「っ……ごめん」

死神さんはパッと手を離すと、もう一度「ごめん」と呟《つぶや》いて窓の向こうへと姿を消した。

「あ……」

慌てて窓に手をかけるけれど、もう死神さんの姿は見えない。手にはまだはっきりと死神さんに握りしめられた感触が残っているのに……。

「いったい、なんなの……」

何を、あなたは一人で抱えているの……？

「死神さんの、バカ……」

小さく呟いた私の声は、誰もいない真っ暗な病室に吸い込まれるようにして、消えた。


死神さんが姿を消してどれぐらいの時間が経っただろうか。

寝つくこともできず朝というにはまだ薄暗い外を眺めていた私の耳に、遠慮がちなノックの音が聞こえた気がした。牧田さんが来るには早すぎるし……、と思った瞬間に一つの可能性が頭をよぎった。もしかして……。ううん、もしかしなくても……。

「はい」

私が返事をすると、静かにドアが開いて——そこには綺麗《きれい》な女の人が立っていた。

私は、その人を知っていた。あれは……望ちゃんの、お母さんだ。

「おはようございます」

「……おはよう、ございます」

「こんな時間にごめんなさいね。でも、もうじき病院を去らなきゃいけないから」

「っ……」

その言葉が意味するところを、私は、知っている。きっと、それは──。

「その表情じゃあ、もう知ってらっしゃるみたいね」

悲しげに、望ちゃんのお母さんは微笑むと私に頭を下げた。

「昨夜遅くに、娘は──望は亡くなりました」

「あ……」

「先生たちが駆けつけてくださったときには、もう手遅れだったみたいで……。私も、死に目には……会えな、かったの……」

私は何も言うことができなかった。

だって、私は知っていたから。その瞬間を、この目で見たのだから。

「生前、娘を可愛がってくださって、ありがとうございました」

「そんっ……な……」

「いつも、お姉ちゃんと遊んだのってとっても嬉《うれ》しそうで……。入院中だっていうのに、あの子がたくさん笑っていられたのは、きっとあなたのおかげ、ね」

そう言った望ちゃんのお母さんの肩が、小さく震えているのが見えて、私は首を振ることしかできなかった。

私に、そんな言葉をかけてもらう資格なんて、ない。だって、私は死神さんが──

あの人が望ちゃんの魂を取るのを止めることができなかったんだから。

どうしてもっと早く気づけなかったのか……。

ううん、違う。本当は、心のどこかで望ちゃんの言動がおかしいことに気づいていた。「おにいさんにおねがいした」って望ちゃんが言ったときに、どういう意味だろうと疑問に思ったこともあった。でも、それを確かめるのが怖くて、私は何も言えずに疑問に思う心にふたをした。気づかないふりをした。あのときに確かめていれば、もしかしたら……。

「っ……それじゃあ、失礼します」

望ちゃんのお母さんは、ハンカチで目頭を押さえると必死に笑顔を作って、そして私の部屋から出ていった。

「……辛《つら》い、なぁ」

望ちゃんのお母さんがいなくなった病室で、私は思う。私も、お父さんやお母さんにあんな顔をさせるのだろうか、と。あんなふうに悲しみに満ち溢《あふ》れて、辛くて悔しくてやりきれないというようなあんな顔を、させるのだろうかと。

今まで病気になったことで、両親にはたくさんのしなくてもいい苦労を、迷惑をかけてきた。なのに、最後の最後まであんな思いをさせるなんて、辛い。どうしようもなく、辛くて苦しい。

「嫌だなぁ……」

ポツリと呟いた声は、私一人となった病室に、吸い込まれるようにして消えた。

望ちゃんのお母さんとの話のあと、眠ろうと何度も目を閉じるけれど、結局眠ることができないまま朝を迎えた。部屋がだんだん明るくなっていくのをボーッと見つめていると、コンコンというノックの音が響いた。

「おはよう、真尋ちゃん」

「……牧田さん」

「朝ご飯の時間よ」

「食欲がないので、いらないです」

「え……？」

私の表情を見て何かを悟ったのか、牧田さんは机の上にトレイを置くとベッドのそばに置いてあった椅子に座った。

「もしかして、聞いた？」

「っ……何を、ですか」

「望ちゃんのこと」

「…………」

「聞いたのね」

思わず俯《うつむ》いた私を、牧田さんはギュッと抱きしめてくれた。そのぬくもりが、余計に辛くて悲しかった。

「仲良かったものね」

「っ……」

「悲しまないで、と言っても無理だとは思うけれど……。ううん、悲しいよね。牧田さんも、悲しいよ。だから、一緒に悲しもう？」

「っ……牧田、さん……！」

「泣いてもいいのよ」

「っ……」

牧田さんの優しい言葉が、辛かった。

私は、牧田さんの身体を押し退けるようにすると、顔を上げた。涙でぐちゃぐちゃになった視界の向こうで、牧田さんが驚いたような表情で私を見つめている。

「牧田さんは、なんにも知らないから！」

「真尋ちゃん……？」

「望ちゃんは……！　私のせいで！　私が助けられなかったから！　だから……!!

でも……！」

牧田さんは死神さんがしたことも、それでも私が死神さんのことを好きな気持ちを捨てられないことも、全部、全部知らないから……！　だから……！

「っ……あ、あああぁぁ！」

子どものように声を上げて泣く私を、牧田さんは「あなたのせいじゃない」と何度も何度もそう言って背中を撫《な》でてくれた……。


どれぐらいの時間そうしていただろう、牧田さんのポケットから呼び出しの音がして、私と電話を見比べたあと「ごめんなさい」と立ち上がった。

「これ、気が向いたら食べてね」

牧田さんは優しく言うと、朝食のトレイの上からオレンジとあと牛乳パックを置いて病室を出ていった。

私は机の上に置かれたオレンジを一口かじる。

「っ……酸っぱい」

それは甘いのに酸っぱくて、胸が苦しくなるような味がした。


みんな気を遣ってくれているのだろうか。いつもより早くに来た回診の先生が去ったあと、普段は様子を見に来る牧田さんも、それからお掃除の人も誰も病室に来ることはなかった。

私は一人、音のしない静かな病室にいた。

「静かだねぇ」

「っ……先輩、さん」

「やあ」

突然、病室のドアが開いたかと思うと、いつも通りにっこりと笑った先輩さんが顔を出した。

「……なんの用ですか」

「部下が失態を演じないかどうか、心配でね」

「死神さんならとっくに帰りましたけど」

「知ってる」

先輩さんは私の嫌味を鼻で笑い飛ばすと、ベッドの横の椅子には座らずに窓にもたれかかってこちらを見た。

「……よく来られますね」

「そうだねぇ」

当たり前のような顔をしてそこにいる先輩さんに、八つ当たりだとはわかっていたけれどいじわるく言うことを止められなかった。けれど、そんな私の言葉なんて別に気にしている様子もないようで、先輩さんはおかしそうに笑う。そして、まるで料理の味でも問うかのように私に尋ねた。

「どうだった？」

「え……？」

「あいつが仕事をしている姿」

「……怖かった、です」

そう、怖かった。私は怖かったのだ。

小さな友人が逝ってしまったことも悲しかったけれど、それ以上にいつも優しく私のそばにいてくれた死神さんが、なんだか別人のように見えて怖かった。

そして――。

「でも、それ以上に悲しかったです」

「悲しかった？」

「はい。……傷つきながら魂を取る死神さんの姿が、悲しかったです」

「悲しかった、か……」

この人のせいで、あんなシーンを見る羽目になったというのに、この人にしかこんな話をできないということを苦々しく思いながらも、私は口から溢れ出る言葉を止めることができなかった。

「聞いても、いいですか？」

「うん？」

「なんで望ちゃんを……」

　わかっている。わかってはいるけれど、聞かずにはいられない。そんな私に、先輩さんは目を伏せると吐き捨てるように言った。

「言っただろう、仕事だって」

「でも、まだあんなに小さくて！」

「それがあの子の寿命だったんだ」

「でも……!!」

　涙が溢れてきて上手《うま》く喋《しゃべ》ることができない。

　言いたいことはいっぱいあったはずなのに、嗚咽《おえつ》と「どうして……！」と繰り返すことしかできない自分にイライラする。

　望ちゃんがあんなことをされたことに対して、怒れるのは、文句を言えるのはあのシーンを見た私しかいないのに……！

「君も、誰かのために泣ける子なんだな」

「え……？」

　私の頬を伝う涙を拭《ぬぐ》うと、先輩さんは目を細めて私を見つめた。

先輩さんは今、確かに「君も」と、言った。

「君もって……誰を思い浮かべたんですか？」

誰と、私を重ねたんですか……？

そう尋ねる私に、先輩さんはポツリと呟《つぶや》いた。

「……美空《みそら》」

その口調が、あまりにも優しくて、泣きそうになった。

そこにいたのは、いつものように飄々《ひょうひょう》とした先輩さんでも、昨夜《ゆうべ》のような意地の悪い笑みを浮かべた先輩さんでもなく——寂しげに笑う、一人の男の人だった。

美空さん、とはいったい誰だろう。……ううん、本当は一人だけ。もしかしたらという心当たりがある。もしかしてその人は……。

「前に言っていた、好きになってしまった担当の女の子、ですか？」

「っ……そうだよ」

絞り出すようにして言ったその声が、あまりにも苦しそうで、悲しそうで……私は何も言えなくなってしまった。そんな私に、先輩さんは辛《つら》そうに微笑んだ。

「俺が死神になって恋をして……。そして、魂を取った女の子の名前だよ」

その言葉に、なんと言えばいいのか、なんと返すのが正解なのか私にはわからなかった。「ごめんなさい」でも「辛かったですね」でもない。でも、じゃあ、なんと言えば……。

「……っ」

どれぐらいの時間そうしていただろう。――私は、覚悟を決めて顔を上げた。

「先輩さん」

「なに？」

「聞かせてもらえませんか。……先輩さんと、美空さんの話」

私の言葉に、先輩さんは驚いたようにこちらを向いた。

「聞きたいんです」

「どうして」

「いずれ訪れる、未来を知りたくて」

本当は、怖かった。

だって、先輩さんは言っていた。自分がその子の魂を取ったのだと。つまり、上手くいった恋ではないことは明白なのだ。

でも、それでもよかった。私のこの想いが、いずれ跡形もなくなるであろうこの想いの結末が、知りたかった。

「聞いても、楽しくないよ」

「いいです！」

「でも……」

「お願いします！」

引き下がらない私に、先輩さんは小さくため息を吐きながら「長くなるよ」と、ベッドの横に置かれた椅子に座ってそう言った。


「――何から話そうか」

先輩さんは少し困ったように言った。いつものおちゃらけた雰囲気はなく、どこか気恥ずかしそうにも見えた。

「最初からお願いします」

私の言葉に、先輩さんはもう一度ため息を吐いた。

「もう何年も前の話だよ。前も言ったと思うけど、美空は俺の担当で……そうだな、今の真尋ちゃんよりも二つ年上の十八歳だった」

「病気だったの？」

「いや、特に病気がちってこともなくて、どちらかというと健康優良児」

「じゃあ、どうして……」

「――交通事故」

そのシーンを思い出してしまったのか、先輩さんは眉間《みけん》にしわを寄せると目を閉じた。どれぐらいの時間が経っただろう。

「――ごめんね」

そう言うと先輩さんは、小さく咳払《せきばら》いをしてから再び話し始めた。

「規定通り三十日以内になんらかの原因で死ぬと俺が告げると、美空は一瞬驚いた表情をした後『そっか』と笑ったんだ」

「え……？」

「変わってるだろう？　普通は取り乱したり泣いたり喚《わめ》いたりするのに。……あ、それでいうと真尋ちゃんも変わってるよね。『今日もらってくれるの？』だもんなぁ」

おかしそうに笑う先輩さんの言葉をわざと聞き流すと、私は続きを促した。

「で、どうして好きになったんですか？」

「別に、最初は変なやつだなって思ってた。でも、まあ予定より先に死なれたら困るから適度に会いに行って適当に見張ってたんだけど、どうにもこうにも危なっかしいんだ。関係ないところで子どもを庇《かば》って事故に遭いそうになるし、おばあさんの荷物を持って歩道橋を上がれば階段から落ちそうになる。とにかくあいつから目が離せなかった。そのたびに助けに行く俺に『死神君って暇人なの？』なんて笑うんだ。こっちはお前のせいで仕事が増えてんだってのにさ」

ぶつくさと言いながらも、先輩さんはどこか嬉《うれ》しそうだった。そんな先輩さんを微笑ましく見ていると「何、笑ってんだよ」なんて言って、先輩さんは私の額にデコピンをした。

「痛い……」

「笑うなら話さないぞ」

「えー、もう笑わないから話してくださいよー」

「絶対？」

「たぶん」

「ったく」

仕方ないなぁとでも言うかのように苦笑いを浮かべると、先輩さんはまた思い出話を始めた。

危なっかしいなと何度も何度も守っているうちにだんだんと惹《ひ》かれていたこと。そして、また美空さんも何度も助けてくれる死神君——先輩さんに惹かれていったこと。

でも……。

「でも、俺は死神で、美空は担当の人間。いずれ別れが来ることは、俺が一番よく知っていた。どんなに美空を想っても、仕事を遂行しなくてはいけない。たとえ俺がしなくても、他の死神が代わりにするだけだから。それなら、俺が——と」

その話を聞いて、私はもしかして、と思った。先輩さんが私の病室に訪れるようになったのは、死神さんが任務を遂行できないと、そう思われたからじゃないかと。私と死神さんは仲良くなりすぎた。たとえ死神さんがきちんと任務を遂行するつもりでも、周りはそう思ってなかったから、だから先輩さんが私たちのところを訪れたんじゃあ……。

私がそう口にすると、先輩さんは「さあね」と肯定も否定もしなかった。けれど、悲しそうに微笑む先輩さんを見て、きっとそうなのだと私は思った。

「まあそれで、美空の死ぬ日が来て、魂を取って終わり」

「え、なんかいろいろとすっ飛ばしてませんか？」

「……食い下がるね」

「告白とかはしなかったんですか？」

「俺は、してない」

含みのある言い方だ。俺は、ということは……。

「先輩さんはしてないけど、美空さんは違うってことですよね？」

「そういうところだけは、勘がいいなぁ」

「褒めてもらえて嬉しいです」

「別に褒めてないけど」

ブツブツと先輩さんは言う。そして、ジッと先輩さんを見つめる私に、観念したかのように「そうだよ」と言った。

「魂を取る、前日。美空は俺を呼んだんだ。その日は美空の前に現れてから二十九日目。三十日以内だと告げていたから、明日《あした》には自分は死んでしまうとわかっていたから、それで……」

「それでどうしたんですか？」

「どうしたもこうしたも、俺は死神だから受け入れられない。それで終わり」

「えーー!!　美空さんも、それで納得したんですか？」

「ああ。してた。ニッコリ微笑んで『わかってた』ってそう言っていた」

「……そんなの！」

そんなの、本心なわけないじゃない！　そう言いたかった。でも、口にすることはできなかった。だって、先輩さんが悲しそうな辛《つら》そうな痛そうな、そんな表情をしていたから……。

私に言われなくたって、美空さんの気持ちなんて先輩さんが一番わかっていたはずだ。大切な女の子の気持ちなんて。でも……。

「どうにも、ならなかったんですか？　助かる方法とか……」

「ない」

「でも……！」

「ないんだ！」

それでも食い下がる私に声を荒らげたあと、先輩さんは我に返ったように「ごめん」と言った。

「本当に、なかったんだ。俺だって、いろいろ調べた。前例がないかとか、手帳の文字を消せないかとかいろいろ。でも、何をやってもダメだった。無駄だった。どうやっても、美空を助ける方法なんてなかったんだ」

「そんな……」

「最期の瞬間、美空は笑ってたよ。『私の魂を取るのが君でよかった』って。それから……辛い想いをさせてごめんねって。そう言って……。っ……」

先輩さんの瞳《ひとみ》から、涙が溢《あふ》れるのが見えた。

私は、なんて声をかけていいかわからず、涙を流す先輩さんを見つめ続けていた。

先輩さんは、袖口《そでぐち》で涙を拭《ぬぐ》うと顔を上げた。

「これで、終わりだよ」

「っ……」

「わかっただろう？　いくらあいつのことを好きになっても、意味がないって」

そう言った先輩さんの口調は、さっきまでとは違っていた。

「意味がないなんてそんなこと——」

「ないんだよ！」

「美空だって、美空さんだって……！」

「美空だって、結局死んだ。君も、死ぬんだ。あいつの手にかかって」

どうしてだろう。

言葉では、キツいことを言っているはずなのに、先輩さんの顔は傷つけられているはずの私よりも悲しそうだった。

「それに、見ただろう」

「え……？」

「あいつが、魂を取る瞬間を」

「それ、は……」

「あんなシーンを見ても、まだ好きだって思うのか？　君を姉のように慕っていた、あの小さな子の魂を取ったあいつを」

望ちゃんのことを言われると、私は何も言えなくなってしまった。あのシーンを見ても、それでも死神さんのことを好きだとそう思っていいのだろうか。だって、死神さんは望ちゃんを……。

「あいつへの想いなんて、忘れてしまえばいい」

「え……」

「あいつは君の大切な子の魂を奪った憎いやつ、それでいいじゃないか。死神なんて好きになったって、真尋ちゃん、君が傷つくだけなんだ」

「先輩、さん……」

だから、あなたは私に、あのシーンを見せたんですね。

私が、これ以上傷つかないように。悲しい思いをさせないように。死神さんの仕事がいったいどういうものなのか見せつけて、それで私が死神さんへの想いを忘れられるように。

「先輩さんは、優しいですね」

「なんのことだか」

悪ぶっているけれど、その言葉の裏に隠れた先輩さんの優しさが伝わってきて、私は胸が温かくなる。

「私のために、してくれたんですよね」

「さあね。……まあでも、深入りするなよな」

「気をつけます」

「じゃあ、これでお別れだ」

そう言うと、先輩さんは立ち上がった。その言葉にどこか違和感を覚えた。

「どういう意味ですか？」

「ホント、そういうところは勘がいいね」

先輩さんはそう言って困ったように笑った。

「俺さ、死神やめようと思って」

「え……？」

「本当はずっと前から思ってたんだけど、ズルズルとしがみついてここまで来ちゃって。俺と同じ頃に死んだやつらはとっくに次の生を迎えているっていうのにな。……この仕事を続けていたって、なんの罰になるわけじゃないのに」

悲しそうに微笑むと、先輩さんは私の頭を優しく撫《な》でて小さく呟《つぶや》いた。

「真尋ちゃんは彼女に似ているよ」

「え？」

「何その嬉《うれ》しそうな顔」

思わずにやけた私に、先輩さんは眉《まゆ》をひそめた。

「だって、先輩さんが好きだったとっても可愛い彼女に似てるって話でしょう？」

「言ってない。そこまで言ってないし、やっぱりよーく見ると似てないな。うん、ごめん。やっぱり今のなしな」

「えええー!?」

不服そうに言う私に、先輩さんはクスクスと笑う。

「そんなふうに、クルクルと表情が変わるところなんて美空によく似てる。自分のことより人のことを考えてしまうところも……。ついつい真尋ちゃんのところに来ちゃったのは、あいつが心配だったのもあるけれど、美空の面影を追い求めていたのかもしれないな」

先輩さんは、小さな声で何かを呟いた。けれど、なんて言ったのかはっきりと聞き取ることはできない。

「先輩さん……？」

「なんでもない」

聞き返した私にそう言うと、髪の毛をぐしゃぐしゃにして先輩さんは笑う。

「もうっ……！」

「ねえ、真尋ちゃん。俺の名前さ、飛鳥《あすか》っていうんだ」

「飛鳥、さん？」

「そう」

死神にも、名前があるんだ……。

そんな頓珍漢《とんちんかん》なことを考えている間に、先輩さん——飛鳥さんは私のそばを離れると窓を開けた。

「じゃあね、真尋ちゃん。もう会うこともないけれど」

「っ……飛鳥さんも、お元気で」

「ああ」

ニッコリと笑うと、飛鳥さんは青空の向こうへと姿を消した。

もう二度と会うことはないと言っていた。

でも……。

「いつか、また――どこかで」

そのときは、幸せそうに笑う飛鳥さんに会えますように。

私は、窓のそばに立つと飛鳥さんの消えた空の向こうを見つめる。

そこには青空に浮かぶ真昼の月と――そして、散り始めたたくさんの桜の花びらが空を舞っていた。


飛鳥さんが去ったあと少ししてから、牧田さんがお昼ご飯を持ってきてくれた。やっぱり少ししか食べられなかったけれど、それでも少しは食べられたと、牧田さんは優しく微笑んでくれた。

「あなたのせいじゃないの。あまり自分を責めすぎないでね」

そう言って寂しそうに微笑まれると、胸の奥をギュッと握りしめられたような気持ちになって、苦しかった。

「……ねえ、死神さん」

――いつの間に時間が過ぎ去ったのか、気がつけば夕日が沈み始めた病室で、死神さんを呼んだ。

すると、一瞬躊躇《ためら》ったかのように息を呑《の》んだような音が聞こえて、それから、どこからか声が聞こえた。

「何か用かい」

その声に、どこにいるのかと目を凝らすと、窓のそばに見慣れたシルエットがあることに気づいた。

「そんなところにいたの」

「……今、来たんだ」

誤魔化すように、死神さんはそう言うと、私のところへと近づいてきた。

「あの子は、望ちゃんはもういないんだよね……？」

「ああ」

「そっ……か」

彼が殺したわけじゃないと、わかっているつもりなのに、それでもその言葉に涙が溢《あふ》れてくる。もう二度と、あの笑顔には会うことができないのだと改めて思い知らされると、涙が止まらない。

「おにいさんに」

「え？」

「おにいさんにお願いしたらすっかり元気になっちゃったって、いつか望ちゃんが言ってた……」

「ああ……。風邪をひいて寝込んでいたときに、少しでも元気にいられる時間が欲しいって言われたから」

「すごい、ね。死神って、そん、なことも、できるの……ね」

あのときの、望ちゃんの笑顔を作り出したのはこの人だったのだ。嬉しそうに廊下を歩く望ちゃんの姿を思い出して、また涙が溢れてくる。

「あの、さ」

「え……？」

そんな私に、死神さんはおずおずと口を開いた。

「あの子が、お姉ちゃんに伝えてくれって」

「何、を？」

「いっぱい遊んでくれてありがとう。すっごく楽しかった。おねえちゃんのこと、大好きだよ、って。そう伝えてくれって頼まれた」

「っ……！」

その言葉が、本当なのかそれとも死神さんのついた優しい嘘なのか、私にはわからない。でも、望ちゃんを見殺しにしてしまったことを悔やんでいた私の心を、ほんの少し癒すには十分な言葉だった。

溢れ出る涙を何度も何度も拭《ぬぐ》いながら私は、望ちゃんの姿を思い出す。

私も、望ちゃんと一緒の時間を過ごすことができて楽しかった。まるで妹ができたみたいで「おねえちゃん」って望ちゃんに呼ばれると、くすぐったくて嬉しくて照れくさかった。もっともっと一緒に遊びたかった。いつかまた会えたらそのときは、一緒にたくさん遊びたい。病院じゃなくて、広くて自由な場所で一緒に駆け回って、笑い合おうね……。だから、その日まで……少しの間、お別れだよ……。

「……ねえ」

「ん？」

日が完全に落ちて、真っ暗になった病室で私は死神さんにもう一度尋ねた。

「私が死んだら……望ちゃんのように、死神さんが魂を連れていくのよね」

「ああ、そうだね」

「それで？」

「え？」

「そのあとはどうなるの？」

一瞬の沈黙のあと、死神さんは言った。

「僕はそこまでしか知らない。魂を取って、所定の場所まで連れていく。それで僕の仕事はおしまいだから」

「……ふーん」

死神さんの言葉に、私は納得できず、曖昧《あいまい》な相槌《あいづち》を打つ。きっと今、死神さんは首に手を当てている。いつかの廉君のように。なんとなく、そんな気がした。

「じゃあ、そこで死神さんとはお別れなの？」

そのまま問いかけてもきっと聞きたいことの答えは返ってこないだろうと、私は質問を変えた。その問いに「ああ」と短く答えると、彼は病室を去ろうとした。

「じゃあ、僕はこれで」

「あっ……」

「……知っているかもしれないけれど、先輩が死神をやめたんだ。その後処理なんかで今バタついていてね。また明日《あした》顔を出すよ」

「っ……」

口を開きかけた私をけん制するかのように、死神さんはそう言った。

飛鳥さん、本当にやめてしまったんだ……。

死神をやめたあとどうなってしまうのかとか、聞きたいことはあったけれど私が何か言うよりも早く、彼は病室から姿を消した。

「そっか。お別れなんだ」

再び、静寂が訪れた部屋で私は一人呟《つぶや》く。

私の周りから、望ちゃんがいなくなり、飛鳥さんがいなくなり、死んだあとは家族がいなくなり、そして死神さんもいなくなる。

結局、私はまた一人ぼっちになるんだ。

そして、その日が訪れるのが、そう遠くない未来であることを私は知っている。

死神さんが私のところにやってきてから、もう二十五日が過ぎた。約束の日はあと五日以内に訪れる。それはつまり、私の命があと五日以内に尽きることを示していた。

7．さよなら、優しい死神さん

残り日数が五日を切った。と、いっても何が変わるわけでもなく、私は一人病室で過ごしていた。たまに気まずそうに死神さんが顔を出して、取り留めのないことを話しかけてくる。「今日は暖かいよ」とか「さっき雨が降ってきたよ」とか、そんな感じの本当にどうでもいいようなことばかり。でも、そのどれにも私は上手《うま》く返事ができないでいた。

そして……あんなことがあったんだから身体にもっと不調が現れるかと思ったけれど、今日も特に変わりはなくむしろ心臓も苦しくないし元気なぐらいだった。でも、いつ具合が悪くなってそのまま逝ってしまうかわからない。元気なうちにやらなきゃいけないことを終わらせなくっちゃと、ようやく私は重い腰を上げるとベッドから降りた。

「ね、死神さん」

「何？」

ずっと返事をしなかった私が突然話しかけたことに、死神さんは少し驚いたようで、でもいつものように返事をする。そんな死神さんの態度になぜか泣きたくなったけれど、なんでもないふうを装うと私は話を続けた。

「手伝ってくれる？」

首をかしげる死神さんを放って、私はベッドの下に入れてあった箱を取り出した。

お見舞いでもらったものなんかをこの中に入れてあったんだけど、置いておいても仕方がない。捨てられるものは捨てて、捨てられないものは……。うーん、どうしようかな。本なんかは牧田さんに渡したら寄付できるかな？　あ、でもダメだ。今、私がそんなことしたら不審がられちゃう。みんなに気づかれないようにするためにはどうしたら……。

「そうだ、手紙だ」

「手紙？」

「そう。まとめた本の上に、これはプレイルームに寄付しますって書いておいたら、整理するときに気づいた両親がきっと寄付してくれるはず！」

引き出しからメモ帳とペンを取り出すと、私はさっそくプレイルームに寄付と書いてまとめた本の上に載せた。テープか何かで貼っておきたいんだけど……。

「はい」

「え……？」

「いるかなと思って」

「あ、ありがとう」

テープを取り出そうと顔を上げた私の目の前に、死神さんはいつの間に取ったのかテープを差し出していた。なんとなく、呼吸が合っていることにドキドキしながらも気にしていないふりをしながらテープを受け取った。

「これは？」

「あ、それはダメ！」

箱を置いた拍子に、ベッド横にあるテーブルの上に置いておいたカメのぬいぐるみがついたキーホルダーが転がり落ちて、死神さんがそれを拾った。

「これって、僕が取ったやつ……？」

「そうよ。……これは、寄付もしないし、捨てない。ここに置いておくわ」

枕元に置いたそれを見て、死神さんが首をかしげた。

「そういえば、どうしてカメだったの？」

「どうしてだと思う？」

「……カメは万年生きるっていうから、もうすぐ魂を取って行く僕への当てつけかなって思ってた」

「何それ」

そんなことを思っていたのかと笑ってしまう。このカメを選んだ理由は……。

「なんか、私に似てるなって。堅い甲羅の中に隠れて、自分に向き合うこともせず臆《おく》病《びょう》なまま逃げて生きている私みたいだなって、そう思ったの」

「……たしかに」

「え？」

「たしかに似てるかも」

死神さんの言葉に、胸が痛むのを感じた。自分で言っといて、肯定されたら傷つくなんて自分勝手だってわかってる。でも……。

「むぐっ」

俯《うつむ》いた私の顔に、カメのぬいぐるみが押しつけられ、思わず変な声が出てしまった。

「な、何……」

「ほら。よく見ると、可愛い顔してる」

「え？」

「目なんかくりくりしてて、君にそっくりだ」

「なっ、何言ってるの!?　も、もういいから！」

死神さんからカメのぬいぐるみを取り上げると、上から枕を押しつけるようにして隠した。

「どうかした？」

「なんでもない！」

……ずっと悩んでいた。死神さんが望ちゃんの魂を取るあのシーンを見て、それでもなおこの人を好きでいていいのだろうか、と。人を殺したわけじゃない、ただ仕事をしていただけだ。何度もそう思おうとしたけれど、それでもどうしても心の中のモヤモヤが晴れない。それならいっそ、こんな気持ちなかったことにしてしまいたいのに、こうやってそばにいると見つめてしまう。目が合うと泣きそうになる。こんなにもやめたいのに、こんなにも心は死神さんが好きだと叫んでいる。

いったいこの感情をどうしたらいいのか、もうすぐ死ぬというのにその実感がないまま私はまるで普通の女の子のような感情と、それから——普通の女の子では絶対にあり得ない感情に振り回されていた。

「できた？」

「あ、うん。できた」

整理した荷物を、また元のようにベッドの下に戻す。これで一安心。あとは……。

「ねえ」

「え？」

「外、行かない？」

死神さんへの想いをどうしようか、そう思っていた私に死神さんは意外な提案をした。「どうして？」なんて、聞く必要もなかった。疑問に思う間もなく気づけば私は「行く」と返事をしていたのだから。

外、といっても以前のように病院を抜け出して外出するわけではなく、死神さんが向かったのはあの桜の木のところだった。ずいぶんと大きくなって、もう他の木と比べても遜色《そんしょく》がないぐらいのサイズになっていた。

「大きくなったね」

「そうだね」

私たちは、ついこの間まで自分たちの背丈とそう変わらなかった桜を見上げる。いつの間にこんなに大きくなったんだろう。この桜も、死神さんがいなければきっとあのまま大きくなることなく枯れていた。

不思議だ。私の命を取るためにやってきた死神さんが、私が大事にしていた約束の桜を生かしてくれた。この人がいたから、今この桜を見上げることができている。

気がつけば、私の指先は死神さんの冷たい指先に触れていた。

けれど――瞬間、死神さんが手を引いたのがわかった。

仕方がない、わかっていたことだ。でも、少しだけ悲しい。

「っ……」

気づかなかったフリをして、私は繫《つな》がれることのなかった指先をギュッと握りしめようとした。そのとき――。冷たくて、優しい手のひらが私の手に、触れた。

そっと包み込むようにして、私の手に触れるとギュッと握りしめる。思わず、隣にいた死神さんを見上げると、彼はわざとらしくそっぽを向いていた。

繫いだその手を握り返すと、死神さんは何も言わずにもう一度桜を見上げた。つられるようにして私も、桜を見上げる。

いつか、廉君と一緒に見ようと約束をした桜の木の下で、今、私は死神さんといる。この想いをどうしたらいいのだろうとか、忘れようとかいろいろ考えたけれど、そんなこと今はどうでもよくて。それよりも隣にいる死神さんの手の冷たさと握りしめた手の力強さ、それだけが今の私の全てだった。

「……ねえ」

黙ったままだった私が口を開いたのは、繫いだ手と手の間にあるはずのないぬくもりを感じ始めた頃だった。

「何」

死神さんは私の方を見ない。だから、私も桜の木を見つめたまま返事をした。

「先輩さんって、飛鳥さんって名前だったんだね」

「……聞いたんだ」

「うん」

美空さんの話も、と言おうとしてやめた。

知らなかったとしたら、飛鳥さんに申し訳ない。それに、知っていたとしても……結ばれることなく終わってしまった二人の恋の話をするのは辛《つら》すぎた。まるで、私たちのこの先の話をするかのようで。

「死神にも名前があるんだって、初めて知った」

「そう」

「あなたにも、名前があるの？」

私の問いかけに、死神さんは「うん」とだけ返事をして、それっきり何も言わなかった。

聞いてはいけないことだったのだろうか。飛鳥さんが教えてくれたんだから、名前を言うこと自体がダメということではなさそうだけれども。それとも、飛鳥さんは魂を取る仕事をもうしていないと言っていた。だから、教えることができたとか？　わからない。わからない、けど……。

「いつか」

「え？」

「いつかでいいから、あなたの名前も聞かせてほしい」

「それは……」

言葉に詰まる死神さんに気づかないふりをして、私はわざと明るく言った。

「だって、いつまでも死神さんなんて他人行儀な呼び方じゃあ寂しいじゃない」

「考えておくよ」

そう言うと死神さんは私の手を離した。

「あ……」

「そろそろ部屋に戻ろうか。送っていくよ」

「……うん」

私たちは並んで病室へと向かう。届きそうで、届かない。触れそうで、触れない距離を行く。けれど、その手が触れ合うことは、もう決してなかった。


ゆっくりと、でも確実にその日はやってくる。

最初に変化に気づいたのは、身体のだるさだった。熱があるわけではない。なのに、身体が重くて起き上がるのが億劫《おっくう》だった。

「あら？　だいぶ残しちゃったのね」

朝食の片づけに来た牧田さんが、机の上に置いたトレイを見てそう言った。

「食欲がなくて……」

「そう。……顔色がよくないわね。あとで先生が巡回に来るから、診てもらいましょうね」

「はい……」

昨日まで平気で廊下を歩いていたどころか、数日前には敷地内とはいえ勝手に病棟の外に出ていた私があまりにもぐったりとしていたので、牧田さんは首をかしげていた。そりゃあそうだろう。みんな私が死ぬなんて知らないのだから。

「熱が出てきたね」

先生が回診に来る頃には、ベッドから起き上がることすらできなくなっていた。腕を持ち上げられ、体温計を挟まれると表示された温度は三十九℃を超えていた。

「どうしたのだろうね。風邪でも引いたかな？」

「真尋ちゃん、この間外に出ていたでしょう？　きっとそれで……」

「まあ、元気なのはいいことだけどね。でも念のために、採血して血液検査をしておくね」

採血も兼ねて点滴の針を手首に刺され、そこから血を抜かれる。赤い液体が、細長い容器に流れ込んでいくのが見える。それをジッと見ていると牧田さんに「変わっているわね」と笑われた。

普通は点滴の針を刺す瞬間、怖くて顔を背けるのだそうだ。でも、私に言わせるとそれは逆じゃないかと思う。いつ刺さるかわからないから怖いのだ。何が刺さるかきちんと見ていないから怖いのだ。それなら、目を逸《そ》らさずに見つめている方がいい。きっと私にとっての死も同じなのだと思う。いつ死ぬかわからないよりも、こうやってその日を待てる方がいい。その方が、きっと、怖くない。

「大丈夫……」

先生も牧田さんも出ていった病室で、一人呟《つぶや》く。

大丈夫、怖くない。今までだって、一人の時間は多かった。だから、大丈夫。

「本当に？」

どこからか声が聞こえる。いつの間に来ていたのだろう。顔を右に向けると、窓際に立つ死神さんの姿が見えた。

「死神、さん……」

「ずいぶんとしんどそうだね」

死神さんの冷たい手のひらが額に触れる。ひんやりとしたそれが心地よくて、思わず笑ってしまう。

「どうしたの？」

「なんでもない」

上手《うま》く動かない口を持ち上げて必死に笑って返事をすると、小首をかしげるのが見えた。

「あ……」

「真尋ちゃん！」

何かを言おうとした死神さんの言葉を遮るように、病室のドアが開いた。パタパタと音をさせて入ってきたのは、少し前に病室を出ていった牧田さんだった。

「炎症のね、数値が少し高かったの。だから、点滴にお薬足しておくね」

牧田さんは慣れた手つきで点滴のチューブの途中から、持ってきた注射器で薬を入れた。

「しんどくなったらいつでもナースコールを押してね。また様子見に来るから、ちゃんと休んでなきゃダメよ」

よっぽど数値が悪かったのだろうか、念押しする牧田さんに心配をかけないように
「わかりました」と口角を上げて答える。ちゃんと、笑って見えただろうか。

でも、牧田さんはそんな私に、なぜか悲しそうに微笑むと病室をあとにした。

「ねえ、死神さん」

「なんだい」

何度も繰り返してきたこの問いかけも、そろそろ終わりを迎えるのかもしれない。

「もうすぐ、でしょ？」

残りの日数を考えても、この身体の倦怠感《けんたい》から考えても、そして牧田さんの反応を見ても、自分の命が終わりへと近づいていっていることがわかる。

きっと、もうすぐ、私は——。

けれど、死神さんは何も言うことはなかった。わかっている、言っちゃあいけないことだもんね。でも……。

「ねえ、死神さん」

「なんだい」

「そのときが来たら……ちゃんと、お仕事を全うしてね」

「っ……」

「約束」

私が小指を差し出すと、躊躇《ためら》いがちに、死神さんは自分の小指をそっと絡めながら「ああ」と小さな声で頷《うなず》いた。首に触れそうになった手に気づいて、慌ててそれをポケットに押し込みながら。

そんな死神さんに、思わず笑ってしまった。

私なら大丈夫だから、あなたの手で、終わらせて。

きっと私が死ぬことは変わらない。

なら、最期の瞬間ぐらい、好きな人の腕の中にいたいじゃない。

でも……。

「死神さん」

「え？」

「ごめんね」

私の魂を取ることで、あなたが傷つくのは、嫌だなぁ……。

死神さんが傷ついたときに、そばにいて冷たい手を握りしめてあげられないなんて、悲しすぎる。

言葉の意味がわからないとばかりに首をかしげる死神さんに、私は微笑むことしかできなかった。


そして翌日、ついにその日がやってきた。

目が覚めると、いつもと景色が違った。ううん、いつもと同じベッドに寝ていたし自分の病室だった。でも、目が霞《かす》んで周りが上手く見えない。

いつの間にか開いていた窓から、病室に風が吹き込むのを感じた。カーテンが舞い上がり、うっすらと外が見える。風にあおられて散っていく桜の花の塊は、未《いま》だ咲かないあの桜がまるで花を咲かせているかのように見せていた。

今はまだ声も出るけれど、いつまで出るのかもわからない。そう思うと、私は怖くなって、きっとそこにいるであろう彼に呼びかけた。

「ねえ、そこにいるんでしょう？」

尋ねる私の掠《かす》れた声に応《こた》えるかのように、死神さんは持ち上げる気力もなく投げ出されたままの私の手を握った。握りしめられて初めて、私は自分の手が震えていることに気づいた。

「あ、はは……」

必死に、笑って誤魔化そうとする。でも、上手く笑うことができないまま、ひきつったように口角が上がるだけだった。

死神さんは今、どんな顔をしているんだろう。

無表情？　少しは悲しいと思ってくれているといいな。でも、死神さんにとっての死は、人間としての生が終わった人間の魂を取るために必要なことだから、別に悲しいことでもないのかな。だとしたら、彼は今、まさに死のうとしている私を見て、何を思っているのだろう。

真剣に考えているはずなのに、ボーッとする頭では上手くまとまらない。

「ねえ……死神、さん」

頭の中がぐるぐるしてなんにも考えることができない。それならば、と考えることなく口に出すことにした。

「なんだい」

「一人に、しないで……ね」

「え……？」

「一人になるのは、怖いの」

　こんな泣き言を言うつもりじゃなかった。なのに、口からついて出る言葉は不安や恐れにまみれた言葉ばかりだった。

「大丈夫。僕がいるよ」

「ホント、に？　最期まで、いてくれる？」

「ああ、本当に。最期まで僕が君のそばにいるよ」

　ああ、それなら、安心ね。

「ありが、とう。……これが、最期のお願いだね」

　微笑む私の手のひらを握りしめる死神さんの手に、力が込められるのがわかった。

「死神さん……？」

「本当に、これでいいの？」

　唐突に、死神さんは言った。

「本当に、君は……」

「どう、したの……？　今日の死神さん、なんか変だよ……？」

「っ……」

死神さんは私の手を振りほどくと、ベッドの枕元に置いてあった私のスマホを手に取った。いったい、何をしようとして――。

「ねえ、どうしてこのメッセージを開かなかったの？」

「っ……それ、は……」

「これ、昨日来たんだよね。その前の日のもある。どうして開いてないの？」

「…………」

死神さんは、私のスマホに表示されたままの通知画面を見て、そう言った。

通知音を消して、見ないふりをしていたメッセージ。本当は何通も、何通も届いていた。お母さんから心配する言葉が。日本で一緒に暮らせるようになるのを楽しみにしているというメッセージが。そして、生まれてくる弟か妹が、お腹の中で元気に育っている様子が。

でも、そんなの見たってどうなるっていうの。私は元気だよって、早く一緒に過ごしたいなって、生まれてくるのが楽しみだなって返せばいいの？　お母さんたちが日本に帰ってくるとき、そして弟か妹が生まれるとき、私はもうこの世にいないっていうのに……！

なのに、そんなの見たら……見ちゃったら……。

「未練に、なる？」

「っ……」

「だから、開けないの？」

死神さんの言葉に、気づけば叫ぶようにして答えていた。

「……そうよ！　そんなの、見たらお母さんに会いたくなるじゃない！　生まれてくる弟か妹のことを、抱っこして、可愛がって、私がお姉ちゃんだよって言いたくなるじゃない!!　家族みんなで一緒に暮らしたいって！　死にたくないって、言いたくなるじゃない!!」

「――言えよ!!」

「え……？」

「言っても、いいんだよ……」

私の声を遮るぐらい大きな声で死神さんは言ったあと、絞り出すように呟《つぶや》いた。

でも、死神さんが言っている言葉の意味がよくわからない。だって、そもそも死神さんがここにいるのは私の魂を取るためで、なのに私に死にたくないって言えばいいって……どういう……。

「あ、そっか。死にたくないって思ってないと、魂を取っても楽しくないとか？」

「違う」

もはや何がおかしいのかもわからないままケラケラと笑いながら言う私に、死神さんは静かに答える。でも、一度開いた口は閉じることができない。

「怖がる人から取る方が楽しいとか？　死神さん、そういう趣味が……」

「違うって言っているだろ！」

「大声出さないでよ！」

大声を出しているのは、出させているのは私なのに、理不尽に怒鳴りつけてしまう。

ああ、もう。いったいどうしたっていうのだろう。どうさせたいのだろう。死にたくないと言ってなんになるっていうんだろう。だって、私は、私の命は今日……。

「初めて会ったとき、君は僕に言ったよね。早くあちらに逝きたいって。今でもまだそう思っているの？」

「っ……それは……」

「死んでもいいって、本当にそう思っている？」

死神さんの言葉に、何も言えなくなってしまう。だって、そんなの……。

「本当は違うんだろう？　本当は……」

「だって、そんなこと言ったって仕方ないじゃない……！」

「言ってよ。君の口から、本当のことが聞きたいんだ」

「っ……」

本当の、こと。私の、本当の気持ち……。

あのとき、この人と初めて出会ったとき、いつ死んでもいいと思っていた。それは本当だった。でも、どうしてだろう。この人と過ごすようになって、たくさんのことを知った。本当は私のことが重荷なんじゃないかと思っていた両親が、私のことを愛してくれていたこと。外にはたくさんの楽しいことがあること。買い食いしながら食べるおやつが美味《おい》しいこと。観覧車から見る夕焼けが綺麗《きれい》なこと。そして……好きな人と過ごす日々が、輝いて見えること。

言っても、いいのだろうか。今の、本当の気持ちを。死にたくないと、死ぬのが怖いと。……生きて、いたいと。目の前のこの、私の魂を取りに来た死神に、そう言ってもいいのだろうか。

「言っただろう。僕は君の死神だって。君の最期の願いを叶《かな》えるためにここにいるんだよ。だから、君の本当の願いが知りたい」

「わ、私……」

喉《のど》の奥がキュッとなって、上手《うま》く喋《しゃべ》れない。

でも……。

私は深く息を吸い込むと、ゆっくりと口を開いた。

「本当はね、死ぬのが、怖いの……」

「うん……」

「それに、もっといろんなところに行きたい。お父さんやお母さんと一緒に生まれてくる弟妹《きょうだい》と一緒に暮らしたい。……私、死にたく、ないよぉ……」

溢《あふ》れ出した本音は止まらない。

「桜も、ね……本当は咲くところを見たかった。あの桜が満開になって、満開の桜を見たかったの。死神さん、あなたと一緒に……！」

気づけば私の頬は、溢れ出た涙で濡《ぬ》れていた。拭《ぬぐ》おうと手を持ち上げようとするけれど、それよりも早く死神さんの手が私の濡れた頬を拭ってくれる。ありがとうと言おうとして私は、その手が小さく震えていることに気づいた。

「しに、がみさん……？」

私の問いかけに、死神さんはイヤイヤをする子どものように何度も左右に首を振った。

どうしたの、と尋ねようとした私の目に、死神さんの頬を伝うようにして滴が零《こぼ》れ落ちるのが見えた。

「しにが……」

「ごめん」

「え……？」

「ごめんね、真尋」

死神さんが初めて、私の名前を呼んだ。

その声は、優しくて、温かくて、懐かしくて。どうしてだろうか、胸の奥がキュッとなるのを感じた。


突然「真尋」と名前を呼ばれて、私はどうしたらいいかわからないまま死神さんを見つめ続けていた。今まで決して私の名前を呼ぶことがなかった死神さんが、優しい声で、懐かしいトーンで、私の名前を呼んだ。

死神さんの頬を伝ったであろう滴が、ぽたりぽたりと零れ落ちていく。私の位置からは見えないけれど、きっと病室の床に小さな水たまりを作っていることだろう。

「し……」

「これでやっと約束を果たせるよ」

私の声に重ねるようにして、死神さんは口を開いた。

「約束……？」

いったい、なんの話だろうか。

「死神さん……？」

私は、死神さんへと手を伸ばした。けれど上手く上がらなかった手は、宙を掻《か》くようにして落ちていく。けれどその拍子に、指先が何かに触れた。

「あっ……」と、思ったときには遅かった。私の指先は、死神さんのフードの端にかかるようにして触れ、そして気づいたときにはフードがパサリと落ちていた。

「っ……」

視界が霞《かす》んでよく見えないはずなのに、それでもはっきりとわかったのは、きっとずっと忘れることができなかったから。

視線の先には──私がよく知っている、少年の姿があった。会いたくて、会いたくて仕方がなかった、あの人の姿が──。

「どう、して……」

「…………」

「どうして、廉君が……いるの……」

「黙っていて、ごめん」

よく似た他人だと否定してほしかった。でも、死神さんは──廉君はもう一度「ごめん」と言うと、あの頃と同じように優しい目で私を見つめた。

「なん、で……」

「…………」

「だって、廉君は……アメリカで駆け回ってたでしょう……？」

牧田さんだって言ってたじゃない。アメリカで定期検診を受けたって。再発もなくて元気そうだったたって。

それに、ほら……。

「死神さんが、見せてくれたでしょ？　廉君が、元気に走っている様子……。死神さんが廉君なら、あれは……」

「あれは、僕が作った偽物の映像だ。牧田さんの話も……僕の死を真尋に知らせないようにするための嘘だよ」

「どう、して……。だって廉君は、元気になって、退院したはずなのに……」

だって、みんな言っていたじゃない。廉君の退院が決まったと。おうちに帰れるのだと。

置いていかれるみたいで悲しかった。でも、廉君が元気になったのならよかったと、病院から廉君がいなくなるのは寂しいけれど、本当によかったとそう思っていたのに……。

けれど、廉君は私の言葉に首を振って、悲しそうに微笑んだ。

「もう手の施しようがないぐらい、あの頃の僕の身体は悪かったんだ」

「そん、な……」

「だから……」

「じゃあ、あれは……そんなっ！」

廉君の、その一言で全てがわかってしまった。あの退院が決して明るいものではなかったことが。

あれはきっと、最期に廉君が生きる場所を、病院ではなく、廉君が廉君としていられるところで、と――たくさんの人が彼を思った結果だったのだということが。

だから、廉君はあのとき『また会いに来るから』と言いながら、首に手を当てていたのだ。もう二度と、会えないことがわかっていたから……。

「退院してから、一度も会いに来られなくてごめんね」

「っ……」

「約束の年にも、来られなくてごめん」

「そんな、こと……」

「遅くなったけど、やっと会いに来ることができたよ」

ああ――廉君だ。本当の本当に、廉君なんだ。

私の魂を取りに来た死神さんが廉君だったなんて、そんな偶然あるんだろうか。ううん、あるから今こうやって彼が目の前にいるんだ。だから、今こうやって話をすることができているんだ……。

「……廉君が、私の死神さんだったんだね」

「うん。ずっと隠していて、ごめんね。たくさん嘘をついて、ごめん」

「そっか、そうだったんだ……」

こんなときだというのに思わず笑ってしまった私に、廉君は不思議そうな表情を浮かべる。

でも、悔しいから言わないんだ。廉君だと知らずに、死神さんを好きになったこと。

なんとなく、悔しいじゃない。顔が見えなくても、廉君だって知らなくても、もう一度廉君のことを好きになってしまったなんて。

「どうしたの？」

「ううん、なんでもない。それよりも、約束って……？」

「ああ、うん。その前に――」

そう言って、廉君が取り出したのはあの頭の欠けた星が書かれた手帳だった。

「それって……」

「そう、真尋の名前が書かれた僕の手帳だよ。ここに名前がある限り、君の死は避けられない。どんなに治療を受けても、必ず」

「っ……」

そんなの、わかっている。それを教えてくれたのは、ほかならぬ廉君、あなたなんだから。

「それが何……」

そう言いかけた私の言葉を遮るようにして廉君は言った。

「約束しただろう」

「だから何を……」

「もしも真尋が死んでしまいそうになったとしても、僕が真尋を死なせないでって、神様にお願いしてあげるからって。真尋のことを連れていかせやしないって」

「廉、君……？」

確かに、二人で植えたあの桜の苗木の前で廉君はそう言っていた。でも、だからどうしたというのだろう。状況についていけない私をよそに、廉君は話し続ける。

「なんのために僕が死神になったと思っているんだ？　なんのために君に会いに来たと思ってるんだ」

「なんのって……」

「真尋、君を死なせないためだよ」

「え……？」

どういう、意味だろう。廉君が死神になることと、私を死なせないことになんの関係が……。

意味がわからない、という表情の私に廉君は、困ったように微笑むと口を開いた。

「僕のところにも、死ぬ間際に死神が来たんだ。その死神はたいして仕事熱心じゃあなかったようで、死ぬ直前にやってきて『今日お前は死ぬ。その代わり俺がなんでも願いごとを三つ叶《かな》えてやるよ』なんてうさん臭さ満載なことを言ってさ……」

その口調に、懐かしさと……そして、その死神のことを廉君が大切に思っていることがわかった。もしかしたら、その死神というのは……。

「っ……」

尋ねようかと思ったけれど、なんとなく躊躇《ためら》って、そしてやめた。

それに一瞬、言葉に詰まったように黙ってしまった廉君も、またすぐに続きを話し始めたから。

「僕自身に願いごとなんてなかった。病院を出たときから、もう自分自身の命が長くないことはわかっていたからね。でも、真尋。君のことが心配だった。頑張り屋さんで、泣き虫で、僕の後ろをずっとついて回っていた可愛い、可愛い真尋。いつかあの桜が咲いたときに、君の隣にいられないことが悔しかった。だから僕は死神に言ったんだ。

『僕も死神になりたい』

『真尋が死ぬときは僕が真尋の死神になる』

そして……、

『真尋の願いを叶えたい』

って。いつの日か、もう一度、君に会いに来るために。そして、そのときに君を助けられるように――」

涙で滲《にじ》んで廉君の顔がよく見えない。必死に手を伸ばすと、廉君は私の手を優しく握りしめた。

冷たいその手が、改めて廉君がもう生きていないことを私に思い知らせる。目の前にいて、こうやって話をしているのに、もう生きていないなんて……。

「ねえ、真尋」

「っ……」

「僕の最期の願いはね、君の願いを叶えることなんだ。そのために僕は、死神になった。僕が持っている全ての力を使って、君の願いを叶えてあげる。だからそのためにも、真尋には生きたいって心の底から願ってもらいたかった。この世界で、これから先もずっと生きていきたいって」

廉君は、握りしめた手に力を込めるとそう言った。

私は、冷たい廉君の手の力強さを感じながらも、その言葉に違和感を覚えていた。

「でも……」

「ん？」

でも、飛鳥さんは言っていた。どうやっても死を回避することはできなかったって。

助けることはできなかったって。なのに、いったいどうやって……。

私が疑問を口にすると、廉君は私の髪を優しく撫《な》でた。あの頃のように。

「言っただろう。僕の最期の願いは、君の願いを叶えることだって。その願いが叶わないまま死んだ僕にはあのときの願いを叶えてもらう権利があるんだ」

「……それは？」

廉君はポケットから何かを取り出した。よく見えずにいると、廉君はそれを私の近くに持ってきて見せてくれる。小瓶のようなものの中には、何かの粉が入っていた。

「先輩にね、もらったんだ」

「飛鳥さんに……？」

「そう。僕の最期の願いを叶えるために必要なものだって。そして、真尋。君の最期の願いのためにも」

「私の、最期の……願い」

「真尋、願って。君の願いを聞かせて」

でも、そんなの……。私はなんにもしてないのに、ただ願うだけで、廉君や飛鳥さんに生かされて、これから先ものうのうと生きていくなんて、そんなの許されるわけがない。

だって、もう廉君も飛鳥さんもこの世にはいないのに、なのに私だけが……！

「でもっ！」

「真尋。これはね、僕のエゴなんだ」

「エゴ……？」

聞き返した私に廉君は、笑っていた。幸せそうに、嬉《うれ》しそうに。まるで、これでやっと全てが終わるとでも言わんばかりに。

「そう、エゴ。僕は真尋に生きてほしい。これから先、生きていけば苦しいことも悲しいこともあるかもしれない。それでも、僕は君に生きてほしいんだ」

「どう、して……」

どうしてそこまで、私のことを……。

「僕はね、君が笑って僕の名前を呼んでくれるのが大好きだったんだ。君にかっこいいところを見せたくて、辛《つら》い治療だってなんでもないふりをして受けたし、怖くて眠れない夜も、真尋に大丈夫だよって言うと強がりが本当に大丈夫なような気になれた。痛くて泣きそうになるときも、真尋、君のことを思い出すだけで頑張れたんだ。僕にとって真尋は大好きで大切な女の子で、君の前でなら僕はヒーローになれたんだ」

「廉、君……」

そんなふうに、想ってくれてたなんて知らなかった。私の中の廉君は、いつだって笑ってて、私が泣いてると「真尋、大丈夫だよ」ってギュッと手を握ってくれた。その手が本当は震えていたなんて、あの頃の私は知らなかった。

「廉君……」

もう一度、名前を呼んだ私に廉君は微笑むと、真剣な顔で言った。

「さあ、もう時間がない。真尋、願うんだ。君が本当に望むことを！」

私の、願い。

きっともう廉君と一緒に生きるということは叶わないのだろう。なら、私は廉君が願ってくれたその願いを、私に生きてほしいと言った廉君の願いを叶えなきゃいけない。廉君の分まで、廉君が生きられなかった未来を、生きなければいけない。

「生き、たい」

「うん」

「私は、死にたくなんか、ない。生きて、あなたと——廉君と見るはずだったあの桜が咲くところを、この目で見たい！　学校に行きたい！　友達と遊びたい！　お父さんやお母さんと一緒に暮らしたい！　それで……生まれてくる弟妹《きょうだい》を、この手で抱きしめたい！　だから……！」

「うん……。その願い、僕が叶えるよ」

廉君は、優しく微笑むと小瓶のふたを開け、中身を手帳の私のページに振りかけた。手帳に書かれた文字が、まるで魔法を見ているかのようにスッと消えていくのが見えた。

だんだんと視界がクリアになっていくのがわかる。さっきまでの靄《もや》がかかったような、視界が霞《かす》んだような状態ではなく、部屋の中の様子がはっきりと見えた。

そして——そこに立つ、廉君の姿も。

「廉く、ん……」

「うん、僕だよ」

「あの頃と、変わらないね」

「そうかな？　真尋は、綺麗《きれい》になったね。あの頃よりも、ずっと」

廉君は、あの頃よりも少しだけ大人びた笑顔で、私に微笑みかける。

「あ……」

「どう？　少し楽になった？」

「なった……。でも……」

「でも？」

「こんなことして、本当に大丈夫なの？」

「問題ないよ。僕たちはただ最期の願いを叶《かな》えてもらっただけなんだから」

そう言って肩をすくめる廉君の手が、首に触れるのが見えた。

それは、あの頃と同じ生きていたときと変わらない彼の癖。なんでもないふうを装ってわざと優しく落ち着いて話すところも、同じだ。

「でも、もしも……もしも怒られるようなことになったとしても、それでも僕は君に生きていてほしい」

「廉君……」

「退院してから、自宅に戻ったけれど、ずっと君のことが気がかりだった。泣いてないかな、元気にしてるかな。いずれ来るであろう死を待つのは怖くなかった。ただ、君に会えなくなることが辛かった。君に僕の死を知らせたくなくて、家族や病院に僕が死んだとしても絶対に真尋に言わないでって、お願いした。僕の死で、君が生きる未来への希望を奪いたくなかったから」

「そんなの……」

だから、ずっとフードをかぶっていたの？　廉君が死んだことを、私に知らせないために。あんな偽物の動画まで見せて――。

「でも、もう大丈夫だよね。僕がいなくても、君は生きていける。……そうだよね、真尋」

「廉君……」

せっかく、廉君の顔がはっきりと見えるようになったのに、また涙で滲《にじ》んで見えなくなっていく。私の涙を、廉君は指で優しく拭《ぬぐ》うと「ごめんね」と、囁《ささや》いた。

「ねえ、真尋」

「っ……な、に……」

「君はこれから大人になって、誰かを好きになって……、誰かに愛されて幸せになるんだ」

「っ……」

「僕の分まで幸せになって、それで真尋がおばあちゃんになってたくさんの人に愛されながら、惜しまれながらその命を終えるときに――僕はもう一度、君のことを迎えに来るよ」

廉君は笑っていた。優しく、幸せそうに笑っていた。

でも……私は笑えなかった。せっかく廉君が拭ってくれたのに、次から次へと溢《あふ》れてくる涙は止まることがない。そんな私の涙をもう一度拭うと、廉君は私の頬にキスをした。

「ね、真尋。笑って」

「れ、ん……く……」

「僕、真尋の泣いている顔よりも笑っている顔の方が好きだな」

「う……っ……」

涙でぐしゃぐしゃになった顔を、パジャマの袖口《そでぐち》で必死に拭うと私も無理やり笑みを浮かべた。

そんな私を見て満足そうに頷《うなず》くと、廉君は小指を差し出した。そっと小指を絡ませると、廉君は微笑む。

「約束だよ」

「約束、する」

「ちゃんと幸せにならなきゃダメだよ」

「うん……。幸せに、なるよ。……絶対に」

「ああ。……そうじゃないと、迎えに来てあげないからね」

必死で涙をこらえる私に、廉君はいたずらっ子のように笑う。思わず笑った私に、廉君は「真尋」と、私の名前を呼んだ。

「また逢《あ》う日まで、もう一度さようならだ」

「廉君……」

廉君の顔が近づいてくるのが見えて、私は目を閉じた。

閉じた瞼《まぶた》の向こうに廉君の存在を感じる。そして私の唇に、優しく柔らかな何かが触れた。

「っ……」

その瞬間、病室に風が舞い込んだ。

「廉君……？」

目を開けると、そこにはもう誰もいなかった。

「廉君……!!」

たしかにそこにいたはずの廉君は、跡形もなく、まるで最初から誰もいなかったかのように、消えた。

どれだけその名前を呼んでも、もう誰の声も聞こえない。

「廉、くん……」

涙が溢れそうになる。

でも、私はもう泣かない。彼のくれたこの命で、彼の分まで幸せになるとそう誓ったのだ。だから……。でも……今、だけは……。今だけは……。

「っ……」

涙が頬を伝う。ぽたりぽたりと流れ落ちたそれが、シーツにシミを作っていくのが見えた。

どれぐらいの時間、そうしていただろうか。溢れ出た涙のせいで滲んでぼやけた視界の向こうに、何かが見えた。

「え……？」

それは、彼の——廉君のいた場所にひらりと落ちた、桜の花びらだった。

私はベッドから降りてその花びらを拾い上げると、手のひらに優しく包んで、窓辺から空を見上げた。

そこには雲一つない青空と、風に乗って空に舞い散る桜の花びらがあった。それはまるで優しいまなざしを浮かべた廉君が、ここから見守っていると、言っているかのようで。

私は目尻《めじり》に溜《た》まった涙を拭うと、空に向かってぎこちなく、でも廉君が好きだと言ってくれた笑顔を向けた。

そんな私に微笑み返すように、桜の木が風に揺れて花を散らせた。

まるで姿の見えない死神さんが、そこから見守ってくれているかのように。

＊＊＊

真っ青な空の下に咲く大きな桜の木の上で、病室から外を見る真尋の様子を廉は見つめていた。

ポケットから取り出した手帳には、もう真尋の名前はなかった。これで真尋は元気になる。そう思うと、胸の奥が温かくなるのを感じる。ようやく、願いが叶った。もうこれで思い残すことはない。

廉は自分自身の手のひらを見つめると、ギュッと握りしめた。

「嬉《うれ》しそうだな」

「先輩」

「あれ、上手《うま》くいったみたいだな」

いつの間にか廉のそばに立っていた飛鳥がニッと笑いかけてきた。あれ、とは先ほど廉が手帳に振りかけた粉のことだろう。廉は飛鳥に頭を下げた。

「ありがとうございました」

「ん?」

「あんな大事なもの、僕のために……」

廉の言葉に、飛鳥は廉の髪をクシャッと撫《な》でて笑った。

「お前の願いごと、叶《かな》えてやるって約束したからな」

飛鳥の言葉に、廉はそれでも申し訳なさでいっぱいになる。あれは、あの粉は——飛鳥が死神をやめると決めたときにもらったものだったから……。

長い期間、死神としての仕事を続けてきたことに対する功労賞、飛鳥からはそう聞いていた。それなのに、飛鳥はそれを惜しげもなく差し出したのだ。廉と——そして、真尋のために。

「気にすんなって。……でもまあ、皮肉なもんだよな。あのとき美空を救いたくて、欲しくて欲しくてたまらなかったものが、こうやってあいつのことを忘れられずに死神を続けたことでもらえるなんてさ」

「先輩……」

「だからそんな顔すんなって。これで俺の死神としての仕事も本当に終わりなんだから、ちゃんと笑って見送ってくれよ」

「はい……」

本当であれば、あの日、死神をやめると決めてすぐに消えるはずだった飛鳥が、今日こうしてここにいるのは自分のためだということを廉は知っていた。真尋の名前が無事に消えるかどうか——それを確かめて、やっと役目を終えられるのだとそう笑いながら言っていたから。

「お前はこれから——」

「え？」

「……いや、なんでもない」

飛鳥は廉の、うっすらと透け始めた手のひらを見て、首を振った。そんな飛鳥に、廉は小さく微笑んだ。

「先輩以外の死神が使えばペナルティがあるかもしれないっていうのは、あらかじめ先輩から聞いてましたから。覚悟はできてました」

「そっか」

飛鳥が空を見上げると、桜の花びらが風に乗って青空をピンク色に染め上げているのが見えた。

「それに、僕が死神になったのは、真尋を助けるためでしたから。もうこの仕事に未練はないですよ」

「そうだな。お前みたいな優しいやつに、この仕事は似合わねえしな」

「っ……」

飛鳥の言葉に、廉の脳裏には今まで魂を取ったたくさんの人のことがよぎった。小さな子どももいた。妻を残して逝きたくないと必死に頼む老人もいた。死んでもいいと言った人よりも、死にたくないと懇願した人の方がはるかに多かった。その人たちの命を刈り取ったのは、まぎれもなく廉の、この消えかけた手なのだ。

「優しくなんか……」

「魂を取るたびに、傷つき続けてきたようなやつは優しくないって言わねーよ」

もう一度微笑むと、飛鳥は伸びをして、それから廉に言った。

「それじゃあ、行くか」

「……はい」

廉は、窓辺に立つ真尋に視線を向ける。もう彼女から廉の姿は見えていないだろう。

それでも伝えたかった。

「幸せに、なってね」

そう呟《つぶや》くと、廉は姿を消した。舞い散る桜にかき消されるように——。

8. 桜色に染まった空の向こうで

あのあと、病室を訪れた先生たちが私の姿を見て驚いたように声を上げた。

奇跡だと言う先生もいた。涙を流して喜んでくれる看護師さんもいた。

そして、何よりも……。

「真尋！」

「お、お母さん!?」

先生たちをかき分けて病室に入ってきたのは、海外にいるはずのお母さんだった。

その後ろには、たくさんの荷物を持ったお父さんの姿もある。

お母さんは、私の身体を抱きしめると、声を上げて泣いた。

「ど、どうしてここに……」

「昨日、牧田さんが連絡くれたのよ！　真尋の具合がよくないって！」

「そ、そうじゃなくてお腹！　飛行機に乗って大丈夫なの？」

慌てて尋ねる私に、お母さんは涙でいっぱいの目を細めて「バカね」と言うと、ギュッと背中に回した腕に力を込めた。

「ちゃんとお医者さんには相談したわ」

「なら、よかった。その子に何かあったら私……」

「本当にバカなんだから。お母さんにとっては、この子もあなたも、同じぐらい大切なのよ」

「で、でも……」

「どちらかだけいればいいわけじゃないの。どっちもいなきゃダメなの！」

お母さんが、そんなふうに思ってくれていたなんて……。

「真尋」

お母さんの腕の中で抱きしめられていた私の名前を呼ぶ声が聞こえて、顔を上げた。

「おとう、さん」

「身体は、本当に大丈夫なのか？」

「うん。さっきまで苦しかったけれど、もう平気だよ」

私の言葉に、お父さんは安心したようで、目尻《めじり》に浮かんだ涙を拭《ぬぐ》うと微笑んだ。

「そうか……。よかった」

「心配かけてごめんね」

「そんなことで謝らなくていい。心配するのは父さんと母さんの特権なんだ。母さんも言ってただろう。父さんたちにとって、真尋もそしてお腹の子もどちらも大切な我が子なんだから」

お父さんは、ごつごつした大きな手のひらで私の頭を撫でた。温かくて、優しい手。廉君のものとは違う、ぬくもりのある、生きている人間の、手。

「っ……」

「真尋？」

「どうした？　どこか苦しいのか？」

「う……ううん、違う。違うの……」

思い出してしまう。もう会えない、あの人のことを。

優しく私のことを見守ってくれていた、大好きなあの人のことを。

「私、お父さんとお母さんのことが大好きだよ」

「真尋……」

「心配してくれて、ありがとう。私はもう、大丈夫だよ」

涙を拭って微笑みかけると、二人は安心したように息を吐いた。

あの日々のことは、きっと誰に言っても信じてくれないだろう。夢を見ていたという人もいるかもしれないし、薬の影響で幻覚を見たんじゃないかと言われることもあるかもしれない。

それでも、私は廉君と——私の優しい死神さんと過ごした三十日を忘れない。

いつか、もう一度。あなたが迎えに来てくれる、その日まで——。

＊＊＊

季節は巡る。

春が過ぎ、夏が終わり、木々が赤や黄色に色づき始める頃、私は長い時間を過ごした病院から退院することになった。

あんなに悪かった心臓は、先生たちが首をかしげるほど回復していき、ようやく日常生活を送れるまでになった。

この調子でいけば、来春から高校に通うことも夢ではないと言われている。

「頑張って勉強しなくちゃね」

出産のために、お父さんより一足先に日本へと帰ってきたお母さんにそう言われて、参考書も注文した。

そういえば、最近病院に行ったときにようやく性別がわかったそうだ。

「ずっと手で隠していてね、わからなかったのよー。それがやっと見せてくれたの」

と、嬉《うれ》しそうにお母さんは言っていた。

「どっちだったの？」

「どっちだと思う？」

どっちでも健康で、元気に生まれてきてくれたらそれでいい。でも、そうだな。どっちだと思うって聞かれたら……。

「弟！」

「正解！」

嬉しそうに微笑むお母さんの姿を見て、私も自然と頬が緩んだ。

そっか、弟か……。

いつか、生まれてくる弟が大きくなったら、一緒に広い野原を駆け回りたい。

あの日の、廉君のように……。

私は、いつかの未来に思いを馳《は》せて、溢《あふ》れる涙がこぼれないように、空を見上げた。

どこまでも広がる青空を。


あの不思議な出会いから、いつの間にか一年が経った。

私は今、満開の桜の木の下に一人佇《たたず》んでいる。

「やっと咲いたよ、廉君」

すっかり大きくなったあの桜の木は、今年初めて花を咲かせた。他の木に負けないぐらい、綺麗《きれい》なたくさんの花を。

桜の幹にそっと触れてみる。あのときみたいに、脈打つ音はもう聞こえない。けれど、手に伝わるぬくもりが、木が生きていることを私に教えてくれる。

「ねえ、廉君。私ね、高校生になったんだよ」

私は、手に学生鞄《かばん》を持ったまま制服のスカートを翻しながらクルリと回ってみせると、桜の木に話しかけた。鞄につけたカメのぬいぐるみのキーホルダーも楽しそうにくるくると回っている。

彼は今もどこかで、私を見守ってくれているのだろうか。『スカート、短すぎない？』とか『そのキーホルダー鞄につけるには大きすぎると思うんだけど』なんて仏頂面で言っていたりして。

「ふふ……」

小さく笑って、それから目尻に溜《た》まった涙を拭った。

「廉君にも、見てほしかったなぁ」

そんなことを思ったところで、もうそれは叶《かな》わないことなんだけど。でも、それでも一目でも見て「似合ってるよ」とか「よく頑張ったね」とか言ってもらいたかった。

「廉君……」

名前を呼ぶと、返事をするかのように風が吹き、桜の花びらが降り注いだ。

まるで「ここにいるよ」とでもいうように。

「廉君……」

……本当は、気づいていた。

廉君のついた、最後の嘘に。

きっと彼は、もう二度と私の前に姿を現さない。あれが、彼の死神としての、最後の仕事だったのだろうと。

でも、廉君と約束したから。幸せになるって。たくさんたくさん愛されて、廉君が助けてくれた命を、最期のときまで全力で生きるって。

「真尋ー！」

「そろそろ帰るぞー」

「っ……はーい！」

遠くから、私を呼ぶ声が聞こえて振り返ると、お父さんとお母さんとそれから少し前に生まれた弟の姿があった。

三人に返事をすると、私はもう一度桜の木を見上げた。

「ねえ、廉君。私、幸せになるよ」

桜を抱きしめるように、そっと手を回す。

「だから、ずっとここで見守っていてね」

桜の花びらが、空へと舞い上がる。
桜色に染まった空の向こうで、優しい私の死神さんが、微笑んでいるかのように。

番外編：さよなら、いつかまた会う日まで

「退院、か」

僕はベッドに寝転がると、先ほど担当医から聞いた話を思い出していた。いつの間に呼ばれたのか、両親も揃っていて彼らは僕に退院が決まったと言った。それを手放しで喜べるほど僕は子どもじゃなかった。

「ねえ、柳《やなぎ》さん。僕はあと、どれぐらい生きられるの？」

「な、何を言ってるの？　先生からお話があったでしょう？　廉君は退院するのよ」

血圧を測ろうとしていた担当看護師の柳さんは、一瞬驚いた表情を浮かべたあと慌ててそう言った。

「うん、それはわかってる。でも治ったわけじゃないんだよね？」

「それは――」

「……やっぱりいいや。変なこと聞いてごめんね」

別に柳さんを困らせたいわけじゃない。ただ、本当のことを知りたいだけなんだ。

「廉君！」

柳さんの声を無視すると、僕は病室を飛び出した。

向かった先は、先ほどまで僕がいた部屋。あそこで両親はまだ先生から話を聞いているはずだ。たどり着いたその部屋のドアの前に立つと、中の声が漏れ聞こえてきた。

「あとどれぐらいもつか、というのは本人の体力次第です。ただもうこれ以上病院で治療をするよりは、おうちに帰って好きなことをした方がいいかと……」

「っ……」

中からは母親のすすり泣く声が聞こえてくる。覚悟をしてここに来たはずなのに、思った以上の衝撃が僕を襲う。手は震え、涙が溢れそうになるのを必死にこらえる。

そんな僕の腕を誰かが掴んだ。

「廉君？　どうかしたの？　柳さんが捜してたよ」

「真尋……。ううん、なんでもないよ。教えてくれてありがと」

慌てて目の縁に滲《にじ》んだ涙を拭《ぬぐ》う僕に屈託のない笑顔を向ける真尋。その笑顔に僕の胸が痛む。

可愛くて、大好きで、大切な真尋。苦しくても、辛《つら》くても一緒に頑張ってきたのに、僕が死んでしまったら、真尋はどうなる？　彼女の生きる気力まで、奪ってしまわないだろうか。

「廉君？」

そんなの、嫌だ。

「ねえ、真尋。僕ね、退院が決まったんだ。今度の退院で、僕の入院生活も最後になるって先生が」

「ホント？　よかった！　よかったね、廉君」

僕の言葉に涙を流してくれる真尋の姿を見ると、罪悪感でいっぱいになる。でも、もう僕に残された時間が少ないのなら、絶対にそれを真尋に気づかれちゃいけない。

僕は無意識のうちに首に手を当てると、真尋に微笑みかけた。

「また会いに来るから！　絶対に会いに来るから……！　だからそれまで真尋も治療を頑張って」

「……うん。元気になって、あの桜が咲くのを廉君と一緒に見るんだもんね」

あの桜が咲く頃、きっと僕はこの世界にいないだろう。でも、そんなこと真尋は知らなくていい。僕のことを希望に、真尋が前を向いて頑張ってくれたらそれでいい。

「約束だよ」

「うん、約束」

僕は真尋と小指を絡ませて約束を交わした。決して守られることのない約束を。

真尋を病室に帰して、僕はドアを開けた。僕が戻ってきたことに、先生も両親も驚いた様子だった。

「どうしたの？」

「……僕はもうすぐ死んでしまうんですね」

　僕の言葉に、三人が息を呑《の》むのがわかった。でも、そんなこと気にせず僕は話を続ける。

「すみません、さっきの話聞いてしまって。でも、それはもういいんです。どうにもならないことがあるって知ってますし、諦《あきら》めてもいます。ただ、一つだけお願いしたいことがあるんです」

「お願い？」

「僕が死んでも、それを真尋には言わないでほしいんです。僕がずっとどこかで生きてるって、元気でいるってそう思うだけで、真尋の生きる希望になると思うんです。僕が死んだことを知って、もし真尋が生きることを諦めてしまったら、僕は……僕は……！」

　泣くつもりなんてなかったのに、いつの間にか溢《あふ》れた涙が僕の頬を伝って落ちていく。格好悪い。こんなのまるで、子どものわがままじゃないか。

「……わかったよ」

　でも、僕の必死の願いが届いたのか、先生は優しい声でそう言った。

「廉君にもしものことがあったとしても、僕らは真尋ちゃんにそれを伝えない。それでいいね」

「はい。もしも聞かれたら外国で元気に過ごしてるって、そう伝えてください」

「……それで、本当にいいんだね」

「はい」

僕の死を知って、真尋に悲しい思いをさせるぐらいなら、いっそ僕のことなんて忘れて笑っていてほしい。真尋が笑っていることが僕にとって、何よりも大切なことだから。

数日後、僕は自宅へと帰ってきた。入院する前と変わらない部屋に、きっと毎日掃除をしてくれていたのだろうと思うと、こんな退院となってしまったことを申し訳なく思う。

辛さを隠して笑いかける母親の姿に胸が痛んで、僕は出かけてくると言って家を出た。無理をしないという条件つきで。

とはいっても行く当てなんてない。入退院を繰り返していたせいで気軽に遊びに誘うような友人もいない。当てもなく歩いていると小さなゲームセンターがあった。

「あ、これ」

写真を撮る機械を見つけて僕は足を止める。少女漫画を読みながら、真尋が「いつか一緒に撮りたいね」なんて言っていたっけ。そんな些細《ささい》なお願いさえも僕にはもう叶《かな》えてあげることができない。

その機械から目をそらすと、小さな女の子がクレーンゲームの前でぬいぐるみを見つめていた。

「これ、欲しいの？」

突然話しかけた僕に一瞬驚いた様子だったけれど、女の子は小さく頷《うなず》いた。ポケットの中にあった小銭を入れアームを操作するとぬいぐるみが引っかかりコロコロと転がって落ちてくる。

「お兄ちゃん、すごい！」

「ありがと。じゃ、これあげるよ」

「いいの？」

喜ぶ姿に真尋を重ねる。こんなふうに真尋が喜ぶ姿を見たかった。たくさんの時間を、真尋と過ごしたかった。

溢れそうになる涙を必死にこらえると僕は自宅に戻った。怠《だる》さを感じて自分の部屋に向かう僕を、母親が心配そうに見つめていた。

「あとどれぐらい僕は生きられるんだろう」

日が暮れて真っ暗になった部屋で、僕はベッドに寝転んだままポツリと呟《つぶや》く。そんなこと誰にもわかるわけないのに。自嘲《じちょう》気味に笑う僕の耳にそれは聞こえた。

「お前は今日死ぬよ」

「誰だ！」

僕以外誰もいないはずの部屋で、そいつは僕に言った。真っ暗闇にぼんやりと浮かび上がったのは、窓の枠に座る誰かの姿だった。

「俺か？　俺は死神だよ。お前の魂を取りに来たんだ」

ロングコートを着たそいつはひょいっと飛び降りると、僕に近づいてくる。そして、ポケットから手帳のような何かを取り出すと僕に言った。

「椎名廉、十六歳。お前の魂を貰《もら》いに来た。お前は今日死ぬ。その代わり、三つだけなんでも願いごとを叶えてやるよ」

「死神？」

そいつが本物の死神かどうかなんてどうでもよかった。もしも本当に、もうすぐ死ぬ僕の命と引き換えに願いを叶えてくれるのだとするのなら。

「真尋の病気を治して！」

「そりゃ無理だ。死神に叶えられる願いごとなんてちっぽけなことだけなんだ。人の生き死にに関わるようなことは叶えられない」

「じゃあ、真尋の病気を治す薬を作ってっていうのも」

「無理だな」

なんでも願いごとを叶えてやるなんてたいそうなことを言っておいて、なんにもできないじゃないか。そう思った僕の頭の中に一つの考えが浮かんだ。

「ねえ、聞いてもいい？　人が死ぬとき必ず死神が向かうの？」

「そうだな」

「あんたが死んだときも？」

「ああ」

ならこいつは元々人間だったということだ。人間が死んで死神になれるのだとしたら――。

「じゃあ、僕の願いは死神になりたい。死神になって真尋が死ぬときは僕が魂を取りに行く。それから――真尋の願いを叶えたい」

僕の言葉に、死神は少し考えるように黙り込んだあと、口を開いた。

「一つ訂正しとけ」

「え？」

「真尋って子の『生きたい』っていう願いを叶えたい、ってな」

「そう、だね。僕は真尋に生きてほしい。生きたいって、そう願ってほしい。その願いを、叶えたい」

死神は頷く僕の前でさっきの手帳を開くと何かを書き込んだ。死神が書き終えるのと同時に僕は身体の力が抜けていくのを感じた。自分の意思とは関係なくそのままベッドへと倒れ込む。

こうやって最期に自宅に帰ってこられてよかった。両親とも最期の時間を過ごすことができた。

ただ一つだけ、心残りがあるとするなら——真尋と一緒に、あの桜が咲くところを見たかった。

「大丈夫、お前はもう一度あの子に会いに行けるから」

意識がなくなる直前、死神がそう呟くのが聞こえた気がした。

僕はフードを目深に被《かぶ》ると、顔が見えないことを確認してまだ蕾《つぼ》み一つない桜の木から飛び立った。

待ってて、真尋。必ず僕が君を助けてみせるから。

「……誰？」

「はじめまして、僕は死神です。君の魂をもらいに来ました」

番外編：君の手のぬくもり

ビルの屋上で欠伸《あくび》を噛《か》み殺しながら、俺はポケットに入れた手帳を確認した。革製の真っ黒な手帳。背表紙には頭の欠けた星が描かれている。

今月のページを開くと、そこには『永井《ながい》美空』と名前が書かれていた。これが今の俺の担当の人間だ。

死神歴三年。新人というほどわからないこともなくて、ベテランといわれるほど、数をこなしたわけでもない。

それでも三年もあれば余程のイレギュラー以外は一通りのことを経験し、誰かに何かを聞くこともなくのらりくらりと与えられた仕事をこなしていた。

「今日は大人しく家にいるかな。いや、いるわけないか」

美空の自宅に向かおうと考えたが思い直し、俺は辺りをぐるりと見回した。すると、やはりというべきか美空の姿は自宅——ではなく、歩道橋の階段下にあった。おばあさんと話し込んでいる姿が見える。

「んじゃ、今日も行きますか」

大きく伸びをすると、屋上の手摺《てす》りを蹴《け》るようにして空へと駆け上がった。誰かに見られれば大騒ぎになるだろうけれど、生憎《あいにく》俺を見ることができるのは俺が担当している人間——今であれば美空だけだった。

ようやく歩道橋の下までたどり着き、美空の姿を捜すと——。

「あの馬鹿っ！」

俺は慌てて駆け上がると、今にも歩道橋の階段——それもよりによって一番上の段から落ちそうになっている美空の身体を受け止めた。重力のせいか、ずっしりとした重さが両腕にかかる。

「お、ナイスキャッチだね」

「ナイスキャッチじゃねえよ！　危うく落ちるところだったんだぞ！　打ち所が悪くて死んだらどうするんだよ」

俺の言葉に美空は一瞬キョトンとした表情を浮かべたあと、クツクツと笑った。

「私の魂を取りに来た死神に『死んだらどうする』って心配されるなんて」

おかしそうに笑い続ける美空の身体を、歩道橋の踊り場にそっと立たせた。

「だ、大丈夫かい……？」

歩道橋の上から、おばあさんが美空に声をかける。美空は笑みを浮かべると、右手を大きく振った。

「大丈夫！　おばあちゃんこそ大丈夫？」

「ええ、私は大丈夫よ。あとは下りだけだから、一人で行けるからね」

「ホントー？　無理しちゃ駄目だよー？」

大丈夫だと言われているにもかかわらず、おばあさんが反対側の歩道に降り立つまで美空はその場を動くことなく見つめていた。

「ホントお人好《ひとよ》しだな」

そうかな？　と言うように、美空は首を傾げるけれど、俺の見てきた限りでは美空は超がつくほどのお人好しだ。その上、自分に対しては注意力散漫で危なっかしい。

横断歩道を歩く子どもを庇《かば》って車に轢《ひ》かれそうになるし、枝に引っかかった風船を取ろうとして木から落ちそうになる。本来なら手帳に書かれた日に死ぬはずが、自分からその日を早めそうになる美空を、ヒヤヒヤしながら助けていた。

「死神君には負けるよ」

美空は手を自分の背中で組むと、俺の顔を下から覗《のぞ》き込むようにして笑いかける。薄茶色に染めた腰まであるロングヘアーがふわりと風に揺れる。俺よりも年下のはずなのに、その笑顔が妙に大人びて見える。眩《まぶ》しく輝くようなその笑顔から、俺は目を背けた。

そもそも出会ったときから、美空は変わった奴だった。三十日以内に死ぬことを告げた俺に対して「そっか」と笑って見せた。今までの人間たちはみんな、「ふざけるな！」と怒ったり「なんとかしてくれ！」と泣きついてきたりするかのどちらかだった。だから「じゃあ家の片付けしておかないとなー」と大して広くもないワンルームの部屋を見回す美空の第一印象は「変な女」だった。

「それで、死神君は今日は何をしに来たの？　私が死ぬまでまだ十五日以上残ってるでしょ？」

「十五日以内、な。三十日後ピッタリに死ぬとは限らないから」

「細かいなぁ」

訂正する俺の言葉を、美空は楽しそうに笑った。

「それで？　今日が私の命日なの？」

「……別に、今日じゃねえよ。ただ放っておくと、あんたが俺の知らないところで勝手に死んでしまいそうだから、こうやって見張りに来たんじゃないか」

「そっか。ふふ、やっぱり死神君はお人好しだなぁ。でも、そういうところ嫌いじゃないよ」

「あっそ」

美空の言葉に、悪い気がしない自分がいて、けれどそんな感情を抱くこと自体が間違っているのを知っていたから、俺は素っ気なく返事をするだけに留《とど》めた。

俺は死神で、美空は魂を取るための人間。それだけなのだから。

俺は古びた本を手に取った。事務所の奥にあるいつから置かれているのかわからない本棚。そこには今まで死神と人間の間にあったトラブルや、死神が起こした不祥事などがまとめられていた。

長い歴史の中で、一人や二人はいるのではないか。人間を助けたいと思った、奇特な死神も。そう思い読みふけっていたのだけれど。

「……ない、か」

魂の回収に失敗した記録はあった。けれど、その場合は上席の人間が速やかに魂を回収し、失敗した死神には罰が与えられていた。つまり、俺が美空の魂を取らなかったとしても、誰か別の奴が取るということだ。

「……くそっ」

苛立《いらだ》ち紛れに壁を殴る。パラパラと土壁が剝《は》がれ落ちたのが見えた。結局、俺にはどうすることもできない。それほどまでに手帳に名前が載るということは、絶対的な抗《あらが》えないことなのだ。

翌日、ふと思い立って美空のところへと向かうのをやめた。溜《た》まっている書類もあったし、やらなきゃいけないこともあった。別に毎日、顔を見に行く必要もない。今までだって三十日以内だということを宣告して、あとは当日まで無干渉だったことも多々あった。と、いうかそちらの方が多かった。

なのに美空の担当になってから、お人好しで自分が危ない目に遭うことなんて気にすることもなく、誰かのために動く彼女のことが妙に気にかかって、ついつい顔を出してしまっていた。

会う頻度が高くなれば、自然と距離も近くなる。距離が近くなれば、余計な情も湧く。だから柄にもなく一人の人間に入れ込んで、余計な調べ物までしてしまった。こんなの全然俺らしくない。

「んーっ」

午後には、溜まっていた書類も粗方片付き、やることがなくなってしまった。今日はやけに時間が経つのが遅く感じる。最近は一日がわりと早く過ぎ去ることが多く感じていたのだけれど。

「……ああ、そっか」

その原因に思い当たって、苦々しく思う。

美空と出会ってから、あいつのせいで一日が慌ただしく過ぎるようになった。悔しいけれど、あいつと過ごした時間が、俺にとって楽しいものになっていたらしかった。

自分の中に、認めたくない感情があることをもう認めざるを得なかった。けれど、この感情は表に出してはいけない。押し殺して誰にも気づかれないようにしなければいけない。もしもこの感情が他の死神にバレてしまえば、きっと美空の担当を外されることは容易に想像がついた。

——そんなのは、嫌だ。

美空の死神は、俺だけだ。他の誰にも、あいつの魂に触れさせたりしない。あいつの最期のときに、そばにいるのは俺だ。

俺はまだ名前のない想いに蓋《ふた》をした。二度と開くことのない、重く頑丈な蓋を。

翌日は何食わぬ顔で美空のところを訪れた。美空に会いたかったからではなく、無事でいるかを確認するために。と、いってもたった一日会わなかっただけだ。何かあるわけもない、そう思っていた自分の浅はかさを後悔することになるとは思わなかった。

「な……！」

「あ、やっほー死神君」

窓を開けて窓枠に足をかけていた俺は、思わず足を滑らせそうになって慌てて体勢を整えた。いつのまにかベッドとローテーブルしかなくなっている部屋で、床に倒れ込むようにして美空はいた。

それだけだったらだらけていたのかと思うのだけれど、頭には包帯を巻き、あちこちに大きなガーゼを貼った美空は、何かあったのだと言わんばかりの姿をしていた。

「『やっほー』じゃねえだろ。なにやってんだよ」

「何って寝転がってるだけだよ？」

「今のことを言ってるんじゃねえよ！　事故か？　転落か？」

「ちょっと自転車と接触しちゃってね」

ちょっと、なんて言葉では済まされない怪我の具合に、眉間《みけん》に皺《しわ》が寄る。

「どうせまた誰かを助けてたんだろ」

「助けたというか、まあ、ね」

照れくさそうに美空は笑うけれど、照れるようなことなんて一言も言っていない。どちらかと言うと俺は呆《あき》れているのだけれど、なぜか美空には一切伝わらない。

「あんた、まだ願いごと二つ残ってただろ。治してやるから、さっさと怪我を治してほしいって願え」

「えー、でも別にそこまでしてもらうほどではないよ？　この間『オルゴールを直してほしい』っていうお願いを叶えてもらったし」

「願わないなら俺が勝手に治す」

ヘラヘラと笑う姿にイラッとして、俺は美空の腕に手を翳《かざ》そうとした。

「……それって、私が願わずにやったら死神君が怒られたりしない？」

「別にこれぐらいなら大丈夫だろ」

「ホントに？」

「……たぶん」

担当の人間の願い以外で、死神の力を使ったことはこれまで一度もなかった。だから怒られるとも怒られないとも言い切ることはできない。

でも、願いでもないのに力を使ったことが知られれば、余計な勘ぐりをされてしまうだろうか。それは困る。でも、このままにしておくのも——。

「えい！」

「……は？」

美空は俺の眉間に、人差し指を突き立てた。そのまま円を描くように指を動かす。

「な、なにやって……」

「眉間の皺、凄《すご》いからさ。……困らせてごめんね」

指を離すと、美空は少しだけ口角を上げて、作ったような笑みを浮かべた。

「怪我、治してくれる？　お願いとして」

「お前……」

「ね、いいでしょ？　このままじゃ痛いんだぁ」

さっきまでそんなこと一言も言っていなかったから、気を遣わせてしまったことは明白だった。

「俺……」

「余計なことを言ったせいで、願いごとを一つ無駄にさせた。なんて思ってない？」

「それは……でも、その通りだろ」

見透かされたような言葉に、思わず口を尖《とが》らせてしまう。そんな子どもっぽい仕草に、美空はふわっと柔らかく微笑んだ。

「余計なことなんかじゃないよ。死神君は私のことを心配して言ってくれたんでしょ。だったら私にとっては凄く価値のある言葉だったし、願いごとだよ」

美空の言葉からは、隠す気のない好意が伝わってきて、でもその気持ちを受け止めることが、俺にはできない。

「後悔しないんだな」

そうやって素っ気なく返事をするのが精一杯だった。そんな俺の気持ちを知ってか知らずか、美空は嬉《うれ》しそうに頷《うなず》いた。その笑顔があまりにも愛《いと》おしくて、俺は美空から目を逸《そ》らした。押し開けられそうになる蓋を、無理やり塞《ふさ》ぐように。

その日は、朝から雨だった。できればどこにも行かずに引きこもっていたかったけれど、昨日の帰りに「明日《あした》、来て欲しいんだけど」と美空に言われたから行かないわけにはいかなかった。「何か用があるなら今言えよ」と言ったけれど、どうしても『明日』だと言われてしまえば断れなかった。

今日は美空と出会ってから二十九日目。いよいよ明日が三十日目だということを、美空もわかっているはずだった。

雨粒が打ち付ける窓を、外からノックをして開けた。

「やっほー、死神く……って、びしょびしょじゃない。ちょっと待ってて」

「あー、俺は大丈夫だけど」

「そのまま入ったら、うちの中が濡《ぬ》れちゃうでしょ」

美空はバスタオルを取ってくると、それと引き換えに俺のジャケットを脱がせてハンガーに掛けた。

手持ち無沙汰《ぶさた》になった俺は、とりあえずローテーブルの前に座る。向かい合うようにして美空も座った。微妙な沈黙に居心地の悪さを感じる。そしてそれは俺だけではないようだった。

「なんか、微妙な空気だね」

「あんたがそれを言うか？」

誤魔化すように「へへ」と美空は笑う。その姿に、いつも通りを感じて少しだけ安《あん》堵《ど》する。けれど――。

「死神君」

少しだけ緊張を含んだその声は、まっすぐに俺へと向けられていた。逃げることなどできなかった。

「私は、君が好きだよ」

「……………」

「お人好《ひとよ》しだって私のことを呆れたように言いながらも、世話を焼いて気にかけてくれるところも、なんだかんだ困っている人を放っておけないところも、素っ気ないフリをしているけれど、優しくてあたたかい死神君のことが大好きです」

涙が溢《あふ》れそうになるのを必死で堪《こら》えた。誰かに好きと言ってもらえることが、自分が想っている人から同じ気持ちをもらえることが、こんなにも嬉しいだなんて、生きているときも、死んでからも知らなかった。

でも、俺は死神で、美空は――俺が魂を奪う相手だ。

「……自分の魂を取りに来た死神を好きになるなんて、馬鹿だよ」

「そう、かな。そうなのかも」

首を傾げながら笑う美空を見つめると、俺は言葉を続けた。

「俺はあんたの気持ちを受け止めることはできない。でも、ありがとう。そんなふうに想ってもらえて嬉しかった」

俺の言葉に美空は、少しだけ寂しそうに、でも優しく微笑んだ。

「うん、わかってた。それでも伝えたかったの。君が私のことをどう思っていたとしても、私は、君のことが大好きだから」

笑っているはずなのに、美空が泣いているように見えたのはきっと、窓に映る雨が反射しているせいだ。


翌日、手帳に書かれている予定通り、美空は小さな女の子を庇《かば》って交通事故に遭った。息も絶え絶えの中、真っ赤な血溜《ちだ》まりの中で動かなくなった美空のそばに俺は立つ。

胸が引き裂かれそうなほどに痛くて苦しい。わかっていたはずなのに、どうしても現実が受け入れられない。

「……しに、が……みく……ん」

もう目も見えていないだろうに、美空は俺を捜すようにして手を伸ばした。その手を取ってもいいのか、今の俺にはわからない。

「わた、しの……魂、を……取るのが、君で、よか……った」

「……っ」

「つら、い……想い……させ、て……ごめん、ね」

「美空！」

叫ぶようにその名前を呼ぶと、美空は――嬉しそうに笑った。

「や、っと……名前、呼んでく、れた……。それ、が……わた、しの……最期、の願い、ごと……だった、ん……だ……」

そう言ったかと思うと、美空の手はまるでスローモーションのようにゆっくりと、俺の目の前で力なく落ちていき、もう二度と動くことはない。

自分の身体のはずが、まるで自分の意思とは別のところで動いているように、淡々と美空の魂を回収する。いつものように、あっけなく仕事は終わった。あとはこれを持って帰るだけだ。そう、わかっているのに。

その場にしゃがみ込むと、美空の手を取った。まだ少しだけぬくもりの残った手を。

「み、そら……みそ……ら……」

何度名前を呼んでも、返事はない。いつもみたいに笑いかけてくれることもない。

ぽたりと、美空の頬に水滴が落ちた。もう動くことはない美空の頬を、俺の流した涙がいつまでも濡らし続けていた。

あとがき

こんにちは、望月《もちづき》くらげです。この度は『優しい死神は、君のための嘘をつく』をお手にとってくださりありがとうございます。

と、いう書き出しであとがきを書いたのが、つい先日のことのように思います。

たくさんの方が真尋と死神さんの物語を愛してくださったおかげで、こうして文庫化の機会をいただくことができました。本当にありがとうございます。

文庫化に伴い、一度読んだことのある人にも楽しんでいただけるようにと、番外編『君の手のぬくもり』を書き下ろさせていただきました。主人公はウェブ連載時、そして単行本でも人気が高かったあの人の過去のお話です。死神さんや真尋と接するのとはまた違った様子のあの人のお話を、楽しんでいただけると嬉《うれ》しいです。

それでは、ここまで読んでくださり、本当にありがとうございました。

またいつか皆様にお会いできることを心より願って。

二〇二三年十一月

本書は、二〇二〇年六月に小社より刊行された
単行本を加筆修正のうえ、文庫化したものです。

優《やさ》しい死神《しにがみ》は、君《きみ》のための嘘《うそ》をつく

望月《もちづき》くらげ

令和5年 11月25日　初版発行

発行者●山下直久

発行●株式会社KADOKAWA
〒102-8177　東京都千代田区富士見2-13-3
電話　0570-002-301（ナビダイヤル）

角川文庫 23906

印刷所●株式会社暁印刷
製本所●本間製本株式会社

表紙画●和田三造

ISBN 978-4-04-114298-1　C0193

◇◇◇

角川文庫発刊に際して

角　川　源　義

第二次世界大戦の敗北は、軍事力の敗北であった以上に、私たちの若い文化力の敗退であった。私たちの文化が戦争に対して如何に無力であり、単なるあだ花に過ぎなかったかを、私たちは身を以て体験し痛感した。西洋近代文化の摂取にとって、明治以後八十年の歳月は決して短かすぎたとは言えない。にもかかわらず、近代文化の伝統を確立し、自由な批判と柔軟な良識に富む文化層として自らを形成することに私たちは失敗して来た。そしてこれは、各層への文化の普及滲透を任務とする出版人の責任でもあった。

一九四五年以来、私たちは再び振出しに戻り、第一歩から踏み出すことを余儀なくされた。これは大きな不幸ではあるが、反面、これまでの混沌・未熟・歪曲の中にあった我が国の文化に秩序と確たる基礎を齎らすためには絶好の機会でもある。角川書店は、このような祖国の文化的危機にあたり、微力をも顧みず再建の礎石たるべき抱負と決意とをもって出発したが、ここに創立以来の念願を果すべく角川文庫を発刊する。これまで刊行されたあらゆる全集叢書文庫類の長所と短所とを検討し、古今東西の不朽の典籍を、良心的編集のもとに、廉価に、そして書架にふさわしい美本として、多くのひとびとに提供しようとする。しかし私たちは徒らに百科全書的な知識のジレッタントを作ることを目的とせず、あくまで祖国の文化に秩序と再建への道を示し、この文庫を角川書店の栄ある事業として、今後永久に継続発展せしめ、学芸と教養との殿堂として大成せんことを期したい。多くの読書子の愛情ある忠言と支持とによって、この希望と抱負とを完遂せしめられんことを願う。

一九四九年五月三日